張小嫻

AMY CHEUNG

愛情王國

張小嫻

LOVE
like
DEW

紅顏露水

目錄

第一章　邂逅

他們相愛了。
是怎麼開始的呢？
彷彿比她預期的還要快，
有如海浪般撲向人生，
衝擊人生，她躲不開。

1

當我們坐在課室裡準備上第一節課時，班主任帶著一個新生和一個扛著大桌子的校工進來了。正在聊天的人馬上安靜下來。學生全都站起身朝老師行禮。

老師做了個手勢要大家坐下來。

新生站在老師身後，那張精緻無瑕的鵝蛋臉上帶著些許羞澀的神情。她的年紀跟我們相若，約莫十一歲，蓄著一頭清湯掛麵的淺栗色直髮，額上有個美人尖，一綹髮絲輕輕拂在略微蒼白的臉頰上，一雙烏亮亮的大眼睛黑波如水，好奇地望著班上的女生。女生們也都好奇地盯著她看。她身材修長，身上那襲小圓翻領淺藍色校服裙熨得貼貼服服，短袖下面露出來的兩條瘦長膀子粉雕玉琢似的，剛剛開始發育的乳房微微地脹起來，腳上穿著雪白色的短襪和一雙簇新的黑色丁帶皮鞋。

老師示意她坐到後排我的旁邊。

她乖乖走過來入座，把手上拎著的那個粉紅色布書包塞到桌子底下。

「這位是新來的同學，告訴大家妳的名字。」老師說。

新生這時有點窘地站起來，甜美的聲音清脆地說出一個名字：

「邢露，露水的露。」

「坐下來吧！」老師說。

老師打開英文課本，開始讀著書裡的一篇範文。邢露從桌子底下拿出她的書，翻到老師正在讀的那一頁。這時，她轉過臉來投給我一個微笑；那微笑，彷彿是羞怯地對我伸出了友誼之手。

我們之間只隔著幾英寸的距離，我發現她的眼睛更黑更亮了，大得有如一汪深潭，彷彿可以看進去似的。我咧咧嘴回她一個微笑，這時，我看到她細滑的頸背上不小心留下了一抹雪白的爽身粉，心想也許是她今天早上出門時太匆忙了。

過了一會，我悄悄在一張紙條上寫下我的名字傳過去，她飛快地瞥了一眼那張紙條，長而濃密的睫毛眨動時像蝴蝶顫動的翅膀，在她完美的顴骨上落下了兩行睫影。

邢露來的這一天，新學年已經開始了將近三個禮拜，我猜想她必然是憑關係才可以這時候來插班，說不定她是某個校董的朋友的女兒。

我們這所學校是出了名的貴族女中，上學和放學的時候，學校大門都擠滿了來接送的名貴房車，有些女生戴著的手錶就是老師一個月的薪水也買不到。每次學校募捐的時候，她們也是出手最闊綽的。

我父親開的是一輛白色的名貴房車，只是，他每天接送的不是我，而是我們的校長。父親當校長的司機許多年了，我是憑這個關係才可以從小三開始插班的。雖然成績不怎麼樣，這一年還是可以順利升上初中一年級。

學校裡像我這樣的窮家女為數也不少。但是，窮女生跟有錢的女生氣質就是不一樣，很容易可以分別出誰是大家閨秀，誰是工人的孩子。

當我第一眼看到邢露的時候，不期然聯想到她是一個富翁的女兒，母親肯定是一位絕色美人。她是個被父母寵愛著驕縱著的千金小姐，住在一座古堡似的大屋裡，度假的地點是歐洲各國。

那並不光光因為她長得美。她身上有一股不一樣的氣質。即使是學校裡最富有、論美貌也不會輸給她的幾個女生，都沒有她那股公主般的氣質。

我總覺得邢露不屬於這裡，她該屬於一個比這裡更高貴的地方。直到許多年後，我這種看法還是沒改變，就是不管邢露在什麼地方，她都不屬於那兒，而是某個更高貴的舞台。

邢露很安靜。她永遠都是像第一天來的時候那麼乾淨整潔。上課留心，讀書用功，人又聰明，成績一直保持在中等以上，從來不參加要付費的課外活動，彷彿她來這裡只是一心要把書念好。

也許因為太安靜了，大家對她的好奇心很快就消失。班上那幾個原本很妒忌她美貌的女生，也都不再盯緊她。

我和邢露變得熟絡是大半年以後的事。一個冬日的午後，上數學課時，我們全都有點懨懨欲睡，我發覺邢露在桌子底下偷偷讀著一本厚厚的愛情小說。

我很高興知道，邢露原來也有「不乖」的時候。我也早就注意到，除了剛改版的課本，她用的是新書之外，其他的課本，她用的都是舊書。邢露並沒有司機來接送，她上學放學都是走路的。我無意中看到她填給老師的資料，她住在界限街。

然而，我對邢露的看法並沒有因此改變，反倒覺得跟她接近了些。我甚至私底下替她辯護，認為她是某個富商跟漂亮情婦生下來的私生女，那個男人沒有好好照顧她母女倆。

邢露和我兩個都愛聽英文歌，會交換心愛的唱片。不過，我們最喜歡的還是下課後一塊兒去逛百貨公司和服飾店，只看不買，望著櫥窗裡那些我們買不起的漂亮衣裳同聲嘆息。邢露很少提起家裡的事，我只知道她母親管得她很嚴。每次當我們逛街逛晚了，邢露都得打電話回家。

那天，我們逛完街，想去看電影。我頭一次聽到她打電話回去跟她母親說話。

「妳跟妳媽媽說什麼？我一句都聽不懂。」

邢露回答：

「是上海話。」

我問她：

「妳是上海人？」

「嗯。」

「剛剛那句上海話是什麼意思？」

邢露那一汪深眸眨也不眨，若無其事地說：

「我告訴她，我跟同學在圖書館裡溫習，要晚一點回去。」

那幾年的日子，我自認為是邢露最好的朋友。我簡直有點崇拜她。在她身邊，我覺得我彷彿也沾了光似的。邢露是不是也把我當作好朋友，我倒是沒有去細想。她就像一位訓練有素的淑女，很少會表現出熱情來。除了必要時向她母親撒謊之外，她是挺乖的。

然而，後來發生的那件事，對她打擊很大。她絕口不再提，我也不敢問。幾個月後，會考放榜，成績單發下來，邢露考得很糟，那對她是雙重打擊。她成績一向都那麼好，我不知道她怎樣面對她母親。

我的成績不比邢露好，可我並不失望。我根本就不是讀書的材料，巴不得可以不用再讀書，早點出來工作，家裡也沒給我壓力。

邢露也許是沒法面對別人的目光吧。那陣子，她刻意避開我。我找了她很多遍，她都不接我的電話。後來更搬了家，連電話號碼也改了。

從那以後，我和邢露失去了聯絡。每次坐車經過界限街那一排舊樓，我總會不經意地想起她，想念那雙如水的深眸。

邢露和我，直到差不多兩年後才重逢。那天是一九八一年的秋天。眼前的邢露出落得更漂亮了。她那頭淺栗色的長髮燙成波浪形，身上穿著一襲黑色西裝上衣和同色的直筒半截裙，腳上一雙黑亮亮的高跟鞋，露出修長的小腿。

那是我們店裡的制服。

要是當時我們比如今再老一些，我們也許會覺得生活真是個嘲諷。邢露和我讀書時最愛逛服飾店，鼻子貼到櫥窗上對著那些高級成衣驚嘆。幾年後，我們兩個卻都在中環一家名店當店員，天天望著摸著那些我們永遠也買不起的昂貴衣裳，眼巴巴地看著它們穿在那些比不上我們漂亮、卻比我們老的女人身上。

邢露比我早一年進那家店。我們相遇的那天，是她首先認出我的。

「明真，妳頭髮長了許多啊。」她朝我咧嘴笑笑，那雙大眼睛比我從前認識的邢露多了一份憂鬱。

就像她第一天來到學校課室那樣，站在我眼前的邢露，似乎並不屬於這裡。她該屬於一個更高貴的地方，而不是待在這樣的店裡每天服務那些氣質遠不如她的客人。

不管怎樣，我們兩個從此又聚頭了。我看得出來，她很高興再見到我。對於過去兩年間發生的事，她卻一句也沒提起，彷彿那兩年的日子絲毫不值得懷念。我猜想她大概過得很苦。

那時候，我正想離家自住，一嘗不受管束的獨立生活。我不停遊說邢露跟我一塊搬出來，卻也沒抱很大的希望。我知道她母親向來管得她很嚴。然而，我沒想到，她考慮了幾天就答應。

邢露和我去看了一些房子，最後決定租下來的一間公寓在浣紗街，是一幢四層高的唐樓。我們住的是三樓，雖然地方很小，可是，卻有兩個房間和一個小小的客飯廳，牆壁還是剛剛漆過的。

邢露是個無可挑剔的室友。她有本事不怎麼花錢卻能把房子佈置得很有品味。她買來一盞平凡的桌燈，用膠水在奶白色的燈罩綴上一顆顆彩色水晶珠兒，那盞桌燈馬上搖身一變成為高價品。

她會做菜，而且總是把菜做得很優雅。她從家裡帶來了幾個骨瓷盤子，罐頭也是盛在這些盤子裡吃的。

邢露和我那幾件拿得出來見人的衣服是店裡大減價時用很便宜的員工折扣買的。邢露很會挑東西。雖然只有幾襲衣裳和幾雙鞋子，她總是能穿得很有時尚感，把昂貴和便宜的東西配搭得很體面。店裡許多客人都知道她會挑衣服，態度又好，不會遊說客人買不需要的東西，所以常常指定找她。

我們這些在名店裡上班的女孩，只要有點姿色的，都幻想釣個金龜婿。大家一致認為邢露是我們之中最有條件釣到金龜婿的，可我們每次嘰嘰喳喳地討論這些事情的時候，邢露都顯得沒興趣。

那些日子，我交過幾個男朋友，卻從來沒見過邢露身邊出現男孩子。她工作賣力，省吃儉用，看得出手頭有點拮据。我沒問她是不是缺錢。雖然我們同住一室，她還是跟以前一樣，很少提起家裡的事。

約莫又過了半年。邢露和我偷偷到一家高級珠寶店應徵。邢露錄取了，她會說日語和國語，我兩樣都不行。幸好，珠寶店就在中環，我們有時候還是可以一塊吃個午飯。

日子一直過得平平靜靜。一九八三年那個寒冷的冬日早上，我哆嗦著走下床上洗手間，看到邢露已經換好衣服，正要開門出去。

我許多天沒見過她了。那幾天都有朋友為我慶祝生日，玩得很晚。我回家時，邢露已經睡著了。

「妳沒在珠寶店上班了麼？我前天下班經過那兒，走進去找妳，他們說妳辭職了。」我說。

她那雙大眼睛瞥了瞥我，說：

「喔……是的。」

「好端端的幹嘛辭職？不是說下個月就升職的嗎？是不是做得不開心？」

邢露說：

「沒什麼，只是想試試別的工作。」

我問她：

「已經找到了新工作麼？」

邢露點了點頭。

我又問：

「是什麼工作？」邢露回答道：

「咖啡店。」

我很驚訝，想開口問她為什麼，邢露匆匆看了看手錶，說：

「我遲到了。今天晚上回來再談好嗎？」

臨走前，她說：

「天氣這麼冷，今天在家裡吃火鍋吧！我還沒為妳慶祝生日呢！下班後我去買菜。」

「我去買吧。」我說：「今天我放假。」

「那好，晚上見。」

「晚上見。」

她出去了，我仍然感到難以置信。賣咖啡的薪水，不可能跟珠寶店相比，而且，她手頭一直有點拮据。現在辭職，不是連年終獎金都不要了麼？她是不是瘋了？何況，她根本不喝咖啡。

等她走了之後，我躡手躡腳推開她的房門，探頭進去看看，發現她床邊放著一疊跟咖啡有關的書，看來她真的決心改行賣咖啡去了。

那天晚上，邢露下班時，帶著一身咖啡的香味回來。我們點燃起蠟燭，圍在爐邊吃火鍋。她買了一瓶玫瑰香檳。

「妳瘋了呀！這瓶酒很貴的呀！」我叫道。

「不，這是為妳慶祝生日的。」邢露舉起酒杯，啜了一口冒著粉紅泡沫的酒，一本正經地說：「我不喝酒，除了玫瑰香檳。」

說完，她靜靜地喝著酒，那的確是我頭一回看到她喝酒。後來，那瓶酒喝光了，邢露站起來，搖搖晃晃地到廚房去喝水。我聽到她不小心摔破了玻璃杯的聲音。

我連忙走進去問她：

「妳怎麼了？」

邢露笑著把滴血的手指頭放到唇邊，皺了皺眉說：

「血為什麼不是酒做的？那便不會腥了！」

邢露和我雖然都是二十二歲。但是，不管從哪方面看，她都比我成熟。我從來沒停止仰慕過我這位朋友。直到許多年後，我還是常常想起第一次在課室裡見到她的情景——她在我身邊入座時，頸背上那一抹沒有暈開的雪白的爽身粉，依然歷歷如繪。

後來有一次，她告訴我：

「是蜜絲佛陀的茉莉花味爽身粉！我把零用錢省下來買的。」

那股記憶中的幽香仍然偶爾會飄過我的鼻尖，彷彿提醒我，她是個誤墮凡塵的天使，原本屬於一個更高貴的地方。

我並未徵得邢露的同意說出我所知道的她的故事；但是，我在這裡所說的全都是真話，我相信我這位朋友不會責怪我的。

2

一九八三年冬天，一個星期四的清晨，邢露從家裡出來，朝咖啡店走去。咖啡店就在離家約莫二十分鐘的腳程。寒風冷颼颼地吹著，她一張臉凍得發白，更顯得柔弱。

她身上穿著一件帶點油膩的黑色皮革西裝外套，底下一襲低領黑色綴著蕾絲花邊的連身裙子，腳上一雙黑色的短靴，風吹動她的裙子，露出纖巧的小腿。

她總是有辦法把衣服穿得很體面。她知道鞋子最不能騙人，便宜貨會毀了一身的打扮，因此，她這雙皮靴是從前在服飾店工作時狠下心腸用員工折扣價買的。皮外套是她三年前在一本外國雜誌上看到的。她把樣式抄下來，自己稍微改了一下，挑了一塊皮革，給一位老裁縫做。那位老裁縫是在她工作的那家服飾店裡負責替客人改衣服的，他那雙手很巧，店裡的女孩都偷偷找他做衣服。邢露很喜歡這件皮革外套，她連續三個冬天都穿它，好不容易才穿出一種帶點油膩的高級皮革才會有的味道。

她前幾天去把頭髮弄直了。一路走來，那頭濃密的淺栗色頭髮給風吹亂了些，她把一綹髮絲撩到耳後。裹緊了纏在脖子上那條蓬蓬鬆鬆櫻桃紅色綴著流蘇的長圍巾。像這樣的圍巾，她有好幾條，不同顏色不同花款，用來配衣服，是她自己織的，款式舊了或者不喜歡，就拆下來再織過另一條。

她走著走著，經過一家花店，店裡的一個老姑娘正蹲在地上把剛剛由小貨車送來的一大捆一大捆鮮花攤開來，再分門別類放到門口的一個個大水桶裡。

邢露的目光停在一大束紅玫瑰上，那束玫瑰紅得像紅絲絨，剛剛綻放的花瓣上還綴著早晨的露珠。邢露伸手去挑了幾朵，手指頭不小心給其中一朵玫瑰花的刺扎了一下。她把手縮回來，那傷口上冒出了一顆圓潤鮮紅的血。邢露連忙把手指頭放到唇邊吮吸著，心裡想：

「這是個不祥的預兆啊！」

那位老姑娘這時候走過來說：

「妳要多少？我來挑吧！全都是今天新鮮搭飛機來的，一看它這麼容光煥發就知道。」

邢露問了價錢，接著又殺了一口價，她知道，這些花到了晚上關店前至少便宜一半，明天就更不值錢了。

老姑娘遇到對手了，她看得出來眼前這個小姑娘是懂花的，也愛花。於是，老姑娘說了個雙方都滿意的價錢，用白報紙把邢露要的玫瑰花裏起來。

邢露付了錢，拿著花離開花店的時候，才突然想起咖啡店裡不知道有沒有花瓶。

3

咖啡店外面擱著兩個塑膠箱。邢露俯身掀開蓋子看看，原來是供應商早上送來的糕餅和麵包，發出一種甜膩的味道，她聞著皺了皺眉。另一箱是咖啡豆。

她在皮包裡掏出一串鑰匙，彎下腰去，打開白色捲閘的鎖。捲閘往上推開，露出一扇鑲嵌木框的落地玻璃門，邢露用另一把鑰匙開了門進去。她先把手裡的花和皮包隨手放在近門口的一張木椅子上，然後轉身把擱在門外的兩個塑膠箱拖進去店裡，跟自己說：

「這就是我的新生活！」

呈長方形的咖啡店地方很小，加起來才不過幾張桌子幾把椅子，倒是有一個寬闊的核桃木吧台和一個有烤箱的小廚房，牆壁漆上了橘黃色，有些斑駁的牆上掛著幾張咖啡和麵包的複製油畫，腳下鋪的是四方形黑白相間的地板，從挑高的天花吊下一盞盞小小的黃色罩燈，很有點歐洲平民咖啡館那種懶散的味道，跟外面摩登又有點喧鬧的小街彷彿是兩個時空。

邢露在吧台找到一排燈掣，黃黃的燈火亮了起來，她盤著雙臂，望著橘黃色的牆壁咕噥：

「這顏色多醜啊！改天我要把它漆成玫瑰紅色！」

轉念之間，她又想：

「管它呢！我又不會在這裡待多久！」

她看看吧台後面的大鐘，七點三十分了，咖啡店還有半小時才開門營業。她在廚房裡找到一個有柄的大水瓶，注滿了水，把剛剛買的新鮮玫瑰滿滿地插進大水瓶裡，擱在吧台上，心裡想：

「有了玫瑰，才算是一天。」

隨後，她脫下身上的皮外套，換上女招待的制服，那是一襲尖翻領長袖白襯衫和一條黑色直筒長裙。她腳上仍然穿著自己那雙皮靴，對著洗手間的一面鏡子繫上窄長的領帶。如果別的女孩在若隱若現的白襯衫下面穿著黑色緞面胸罩，總會顯得俗氣；但是，邢露這麼穿，卻有一種冷傲的美，彷彿這樣才是正統似的。

她口裡咬著兩隻黑色的髮夾，把長髮撩起來在腦後紮成一條馬尾，凝視著鏡子中的那張臉和完美的胸部。從小到大，別人都稱讚她長得漂亮。母親總愛在親戚朋友面前誇耀女兒的美麗，但邢露覺得自己長得其實像父親。

在外，媽媽總愛用上海話對聽得懂和聽不懂的人說：

「露露是我的心肝兒，我的小公主。」

邢露一度以為，自己天生是公主命。

她紮好了馬尾，用髮夾固定垂下來的幾綹髮絲，繫上一條黑色半截圍裙，走到吧台，開始動手磨咖啡豆，然後把磨好的咖啡豆倒進黃銅色的咖啡機裡。

過了一會，咖啡機不停喧嘩嘶鳴著，從沸騰的蒸氣中噴出黑色的新鮮汁液，一陣咖啡濃香彌漫，邢露自己首先喝下第一杯。

街上的行人漸漸多了，客人陸續進來，都是趕著上班的，排隊買了咖啡和麵包，邊吃邊走，也不坐下。

等到繁忙的上班時間過去，進來的客人比較悠閒，點了咖啡，從書報架上挑一份報紙，邊喝咖啡邊看報，一坐就是一個早上。

邢露坐在吧台裡，一杯一杯喝著自己調配的不同味道的咖啡，心裡埋怨道：

「咖啡的味道真苦啊！」

於是，她把苦巧克力粉加進一杯特濃咖啡裡，嚐了一口，心裡說：

「這才好喝！」

她愛一切的甜，尤其是苦巧克力的那種甘甜。這裡的苦巧克力粉還不夠苦，改天她要買含百分之八十可可粉的那一種來加進咖啡試試。

她那雙大眼睛不時瞥向街外，留意著每一個從外面走進來的人。時間一分一秒過去，她覺著自己的心跳彷彿愈來愈急促。她直直地望著咖啡店落地玻璃門外面穿著大衣、縮著脖子匆匆路過的人，心裡跟自己說：

「只是咖啡喝得太多的緣故罷了。」

要是在珠寶店裡，平日這個時候，那些慵懶的貴婦們才剛起牀，裝扮得貴裡貴氣去逛珠寶店，買珠寶就像買一頭可愛小狗似的，眼也不眨一下。

這世界多麼不公平啊！

坐近門口的一位老先生終於離開了。邢露拿起抹布和銀盤子走過去清理桌子。這時候，寒冷的風從門外灌進來，她感到背脊一陣涼意，轉過身去，看到一個高大瀟灑的男人，手上拿著書和筆記簿走進店裡。他約莫二十五六歲，瘦而結實，身上穿著一件黑色高領羊毛衫和牛仔褲，深棕色的呢絨西裝外套的肘部磨得發亮，上面沾著紅色的顏料漬痕。他有一張方形臉和一個堅定的寬下巴，一頭短髮濃密而帥氣，那雙大眼睛黑得像黑夜的大海，彷彿對這個世界充滿好奇，上面還有兩道烏黑的劍眉，好像隨時都會皺起來，調皮地微笑或是大笑。

他在邢露剛剛收拾好的桌子坐下來，書和筆記簿放在一邊，投給她一個愉快的微笑，說：

「看樣子我來得正是時候。」

邢露瞥了他一眼，沒笑，淘氣地說：

「是啊！剛剛那位無家可歸的老先生在這張桌子坐了大半天。」

他覺得這個女孩很有趣，笑笑說：

「放心，我不會霸佔這張桌子多久，我是有家可歸的。」

「沒關係，反正也只剩下大半天就打烊了；況且，咖啡店本來就是這麼用的。」邢露擱下手裡的銀盤子，從圍裙的口袋裡掏出筆和紙，問他：

「先生，你要點什麼咖啡？」

「咖啡牛奶。」他說。

邢露那雙亮晶晶的黑眼睛露出困惑，眉頭不禁皺了皺，重複一遍：

「咖啡牛奶？」那語氣神情好像覺得一個男人喝咖啡牛奶太孩子氣了。

他靦腆地側了一下頭，為自己解窘說：

「牛奶可以補充營養……」

「所以……」邢露望著他，手上的原子筆在紙上點了一下。

「正好平衡咖啡的害處……」

「所以……」邢露拿著筆的手停在半空。

「兩樣一起喝，那就可以減少罪惡感！」他咧嘴笑笑說。

「這個理論很新鮮，我還是頭一回聽到。下次我喝酒也要加點牛奶。」

「妳是新來的嗎？以前那位小姐──」他問邢露說。

邢露瞥了瞥他，說：

「她沒在這裡上班了。我調的咖啡不會比她差。你想找她嗎？」

「呃……不是的。」

「老實告訴你──」邢露一本正經地說。

他豎起耳朵，以為以前那位女招待發生了什麼事。

邢露接著說。

「她冬眠去了。」

他奇怪她這麼說的時候怎麼可以不笑。剛進來看到邢露時，他還以為她是那種長得美麗卻也許很木訥的女孩子；他還從來沒見過繫上長領帶的女孩子可以這麼迷人。

他饒有興味地問道：

「那麼妳——」
邢露偏了一下頭說：
「我只有冬天才會從山洞鑽出來。」
「那麼說，妳就不用冬眠？」
邢露朝他撇撇頭，終於露出一個淺笑，說：
「我又不是大蟒蛇！」
他憋住笑，禮貌地說：
「麻煩妳，咖啡來的時候，給我一塊巧克力蛋糕。」
邢露朝他皺了皺眉搖搖頭。
「喔，賣光了？那麼，請給我一塊藍莓鬆餅。」
邢露又搖了搖頭。
「既然這樣——」他想了想，說：「請妳給我一塊乳酪蛋糕吧！」
邢露還是搖頭。
「什麼都賣光了？」他懊惱地轉身看向吧台那邊的玻璃櫃，卻發現裡面還有很多糕餅。他滿肚子疑惑，對邢露說：

「有什麼就要什麼吧！」

邢露仍然皺著眉搖搖頭。

他不解地看著邢露，心裡想：

「這不是太奇怪了麼？」

邢露瞥了一眼旁邊正在吃糕點的客人，湊過去壓低聲音跟他說：

「這裡的糕餅難吃得要命！只有咖啡還能喝！」

他覺得邢露的模樣可愛極了，探出下巴，也壓低聲音說：

「我也知道，但是，有別的選擇嗎？」

「明天這個時候來吧！」邢露挺了挺腰背說。

他好奇地問道：

「明天會不一樣？」

邢露拿起擱在桌上的銀盤子說：

「明天你便知道。要是你不介意，今天先喝咖啡吧。」

他笑著點頭表示同意。

邢露托著銀盤子，滿意地朝吧台走去，動手煮他的那杯咖啡。熱騰騰的咖啡送過去的時候，上面飄浮著一朵白色的牛奶泡沫花，總共有五片花瓣。他還從沒見過這麼漂亮的咖啡牛奶。

邢露靜靜地躲在吧台裡，不時隔著插滿新鮮紅玫瑰的花瓶偷偷看他。後來，他又再添了兩杯同樣的咖啡，一邊喝咖啡，一邊低頭看書，有時候也放下手裡的書看看街外，就這樣坐了大半天。

邢露今天一整天灌進肚子裡的咖啡彷彿比她身體裡流的血液還要多，她覺得自己每一下緊張的呼吸都冒出濃濃的咖啡味，那味道很衝，險些兒令她窒息。

回去的路上，她經過一家酒舖，沒看價錢，就買了一瓶玫瑰香檳，想著以玫瑰開始的一天，也以玫瑰來結束，反正以後的日子都會不一樣。

她跟明真在窄小的公寓裡邊喝香檳邊吃火鍋。明真問她第一天的工作怎麼樣，她弄不明白她為什麼辭掉珠寶店的工作而跑去當個咖啡店的女招待，在明真看來，咖啡店女招待是次一等的。

邢露敷衍過去了。後來，喝光了那瓶酒，她搖搖晃晃地拎起香檳杯到廚房裡倒杯水喝，一不小心把杯子掉到地上，那個杯像鮮花一樣綻放，她蹲下去撿起碎片時，手指頭不小心割傷了，正好就是這天早上給玫瑰花刺扎了一下的那根指頭。

明真走進來問她：

「妳怎麼了？」

邢露吮吸著冒血的手指頭，心裡想：

「這是個不祥的預兆啊！」

4

到了第二天午後，太陽斜斜從街上照進來，那個男人又來了，還是穿著昨天那身衣服，看見邢露時，先是朝她微笑點頭，然後還是坐在昨天那張桌子上，把身上的外套脫下來搭在旁邊。

邢露走過去，問他：

「還是跟昨天一樣嗎？」

他愉快地說：

「是的，謝謝妳。」

「我會建議你今天試試特濃咖啡，不要加牛奶。」

他那雙黑眼睛好奇地閃爍著，說：

「為什麼呢？而且，昨天妳在咖啡裡做的那朵牛奶花漂亮極了。我還想請教妳是怎麼做出來的。」

邢露抬了抬下巴，說：

「這個不難，只需要一點小小的技巧，我還會做葉子圖案和心形。」

他的眼睛亮了起來，逗趣地做出很嚮往的樣子，說：

「噢！心形！」

邢露憋住笑，說：

「但是，今天請聽我的忠告，理由有兩個——」

他一隻手支著下巴，做出一副願聞其詳的樣子。

邢露瞥了瞥他結實的胸膛，說：

「第一，你身體看來很健康，少喝一天半天牛奶並不會造成營養不良。第二，待會我給你送來的甜點，只能夠配特濃咖啡。」

他點點頭，說：

「第二個理由聽起來挺吸引！那就依妳吧！」

過了一會，邢露用銀盤子端來一杯特濃咖啡和一塊核桃仁黑巧克力蛋糕放在他面前，說：

「試試看。」

他拿起那塊核桃仁黑巧克力蛋糕咬了一口，慢慢在口裡咀嚼，臉上露出奇怪的表情。

邢露緊張地問：

「怎麼樣？」

「太好吃了！我從來沒吃過這麼美味的蛋糕。你們換了另一家供應商吧？早就該這麼做。」

邢露搖搖頭，懶懶地說：

「是我做的。」

他訝異地望著她說：

「妳做的？」

「你不相信嗎？廚房裡有一個烤箱，不信可以去看看。」

看到邢露那個認真的樣子，他笑笑說：

「美女做的東西通常很難吃。」

邢露皺了皺嘴角，說：

「看來你吃過很多美女做的東西呢！」

年輕的男人臉紅了，低下頭去，啜了一口特濃咖啡，臉上露出讚嘆的神情說：

「吃這個蛋糕，咖啡果然不加牛奶比較好，否則便太甜了！」

這時候，鄰桌那兩個年紀不小的姑娘，聞到了香味，探頭過來，其中一個，高傲地指著人家吃了一半的蛋糕，說：

「我們也想要這個蛋糕。」

「喔……對不起，賣光了。」邢露抱歉地說。

然而，過了一會，邢露替他添咖啡時，悄悄在他空空的碟子裡又丟下一塊香香的核桃仁黑巧克力蛋糕，他投給她一個會意的神色。她若無其事地走開了。

鄰桌那兩位姑娘，聞到了誘人的香味，兩個人同時狐疑地轉過頭來，把椅子挪過去一些，想看看男人吃的是什麼。他用背擋住了後面那兩雙好奇的眼睛。雖然吃得有點狼狽，卻反而更滋味，邢露美麗的身影有如冬日的斜陽，靜悄悄投進他的心湖，留下了一縷甜香。

第二天、第三天、第四天，他也是約莫三四點就來到咖啡店，喝一杯特濃咖啡，吃一塊好吃得無以復加的核桃仁黑巧克力蛋糕。有一次，邢露還帶他去廚房看看，證明蛋糕是用那個烤箱做出來的。

一天，邢露建議他別喝特濃咖啡了，索性罪惡到底，試試她調的苦巧克力咖啡，一半咖啡結合一半的苦巧克力粉。他欣然接受她的建議。咖啡端來了，他嗅聞著濃香，閉上眼睛嚐了一口。

邢露問：

「怎麼樣？」

他回答說：

「我覺得自己甜得快要融掉了。」

邢露皺了皺眉頭，說：

「是太甜麼？」

他發覺她誤解了他的意思，連忙說：

「不，剛剛好！我喜歡甜。」

邢露要笑不笑的樣子，說：

「從沒見過男孩子吃得這麼甜。」

他笑著問邢露：

「妳的意思是，我已經夠甜了？」

邢露沒好氣地說：

「那位不愛江山愛美人的溫莎公爵的夫人說過，永遠不會太瘦和太有錢。依我看，還要再加一項。」

他好奇地問道：

「哪一項？」

「永遠不會有太甜的人！」邢露笑笑說，說完就端著托盤轉過身朝吧台走去，臉上的笑容不見了，彷彿換了一張臉似的。她聽到心裡的一個聲音說道：

「是啊！永遠不會有太甜的人，只有太苦、太酸和太辣的。」

這一天，他邊喝咖啡邊埋頭看書，不知不覺坐到八點鐘，一抬頭才發現，其他的桌子都空了，咖啡店裡就只剩下他一個人。他起來，走到吧台那邊付錢。

邢露坐在吧台裡，正全神貫注地讀著一本精美的食譜，兩排濃密翹曲的睫毛在黃澄澄的燈影下就像藍絲絨似的。他雙手插在褲子的兩個口袋裡，靜靜地站在那兒，不敢打擾她。過了一會，她感到好像有一雙眼睛在看她，緩緩抬起頭來，發現了他。

「對不起，你們打烊了吧？」他首先說。

邢露捧著書，站起來說：

「喔……沒關係，我正想試試烤這個披薩——」她把書反過來給他看。那一頁是蘑菇披薩的做法，附帶一張誘人的圖片。她問他說：「你要不要試試看？」

他笑著回答：

「對不起，我有約會，已經遲到了。下一次吧。」

邢露說：

「那下一次吧。」

他把錢放在吧台上，然後往門口走去。邢露看著他離去的背影，她臉上一陣紅暈，這都是她的錯，她不該這麼快就以為自己已經把他迷倒了。

「多麼蠢啊！」她心裡責備自己。

就在這時，他折回來了。

他帶著微笑問：

「妳做的披薩應該會很好吃的吧？」

邢露問：

「你的約會怎麼辦？」

「只是一個朋友的畫展。」他聳聳肩。「反正已經遲了，晚一點過去沒關係。他應該不會宰了我。我叫徐承動，妳叫什麼名字？」

「邢露，露水的露。」

他笑著伸出一隻手說：

「承先啟後的承，動章的動，幸會！」

邢露握了握他伸出來的那隻溫暖的手，說：

「幸會。」

他念頭一轉。「妳會不會有興趣去看看那個畫展？離這裡不遠。我這位朋友的畫畫得挺不錯。」他看看手錶，說：「酒會還沒結束，該會有些點心吃；不過，當然沒妳做的那麼好。」

「好啊！」邢露爽快地點頭。她看看自己那身女招待的制服，說：「你可以等我一下嗎？我去換件衣服。」

「好的。我在外面等妳。」

邢露從咖啡店走出來的時候，已經換上了一件黑色皮革短外套，她裡頭穿一襲玫瑰紅色低領口的吊帶雪紡裙，露出白皙的頸子和胸口，腳上一雙漆皮黑色高跟鞋，臉龐周圍的頭髮有如小蝴蝶般飄舞。

徐承勳頭一次看到邢露沒紮馬尾，一頭栗色秀髮披垂開來的樣子。他看得眼睛呆了。

邢露問道：

「我們走哪邊？」

徐承勳片刻才回過神來，說：

「往這邊。」

邢露邊走邊把拿在手裡的一條米白色綴著長流蘇的羊毛圍巾掛在脖子上，她正想把另一端繞到後面去時，突然起了一陣風，剛好把圍巾的那一端吹到徐承勳的臉上，蒙住了他的臉，他聞到了一股香香的味兒。

「噢……天哪！」邢露連忙伸手去把圍巾拉開來。

就在這時，她無意中瞥見對面人行道一盞路燈的暗影下站著一個矮小的男人，正盯著她和徐承勳這邊看。那個男人發現了她，立刻轉過頭去。

徐承勳不知道邢露的手為什麼突然停了下來，他只得自己動手把蒙住臉的圍巾拉開，表情又是尷尬又是銷魂。這會兒，他發現邢露的目光停留在對面人行道上。他的眼睛朝她看的方向看去，什麼也沒看到。

那個矮小的男人消失了，邢露回過神來，把圍巾在頸子上纏了兩圈，抱歉的眼睛看了看徐承勳，說：

「對不起，風太大了！」

徐承勳聳聳肩說：

「喔……不……這陣風來得正好！」

「還說來得正好？要是剛剛我們是在過馬路，我險些殺了你！」

徐承勳揚了揚兩道眉毛，一副死裡逃生的樣子，卻陶醉地說：

「是的，妳險些殺了我！」

邢露裝著沒聽懂，低下頭笑了笑。趁著徐承勳沒注意的時候，她往背後瞄了一眼，想看看那個矮小的男人有沒有跟在後頭。她沒有看見他，於是不免有點懷疑自己剛剛是不是看錯了。

「妳的名字很好聽。」徐承勳說。

「是我爸爸取的。我是在天剛亮的時候出生的，他說，當時產房外面那棵無花果樹上的葉子，載著清晨的露水，還有一隻雲雀在樹上唱歌。」

「真的？」徐承勳問。

「假的。那隻雲雀是他後來加上去的。」邢露笑笑說。

「妳以前在別的咖啡店工作過嗎？」

「我？我做過服飾店和珠寶店。」

「為什麼改行賣咖啡呢？」

「衣服、珠寶、咖啡，這三樣東西，只有咖啡能喝啊！」邢露微微一笑。「我不喜歡以前那種生活，在這裡自在多了。你是畫家嗎？」她指了指他身上那件棕色呢絨外套的肘部，那兒沾著一些油彩的漬痕，她第一天就注意到了。

徐承勳暗暗佩服她的觀察力，有點靦腆地點了點頭。

邢露好奇的目光看向他，問道：

「很出名的嗎？」

徐承勳臉紅了，窘迫地說：

「我是個不出名的窮畫家。」

「這兩樣聽起來都很糟！」邢露促狹地說。「我知道有一個慈善組織專門收容窮畫家。」

「真的？」徐承勳問邢露。

「假的。」邢露皺皺鼻子笑了。「你連續中了我兩次圈套啊！」

徐承勳自我解嘲說：

「喔……我是很容易中美人計的！」

邢露說：

「畫家通常都是死後才出名的。」

徐承勳說：

「作品也是死後才值錢的。妳知道為什麼嗎？」

邢露說：

「畫家的宿命？」

徐承勳笑了笑，說：

「畫家一旦變得有錢，就再也交不出畫了！」

「除了畢卡索？」

「是的，除了畢卡索。」

邢露撇撇頭說：

「可他是個花心蘿蔔呀！」

他們來到畫展地點，是位處一幢公寓地下狹小的畫廊，裡面是一群三三兩兩大聲聊天的人，他們大都很年輕。徐承勳將邢露介紹給畫展主人，他是個矮矮胖胖、不修邊幅的男人，五官好像全都擠在一塊。然後徐承勳從自助餐桌給邢露拿來飲料和點心。這時，有幾個男士過來與他攀談，邢露逕自看畫去了。那個晚上，當她瞥見徐承勳時，他身旁總是圍繞著一群年輕的女孩子，每個女孩都想引起他的注意，邢露心裡想：

「他自己知道嗎？」

邢露並不喜歡矮胖畫家的作品，他的畫缺乏一種迷人的神采。這時，畫廊變得有點燠熱難耐，她不想看下去了。有個聲音在她身邊響起：

「我們走吧！」

幾分鐘後，她和徐承勳站在銅鑼灣熱鬧的街上，清涼的風讓她舒服多了。

「妳喜歡我朋友的畫嗎？」徐承勳問。

「不是不好，但是，似乎太工整了……喔，對不起，我批評你朋友的畫。」

「不，妳說得沒錯，很有見地。」停了一下，他問：

「妳住哪兒？」
「喔，很近，走路就到。你呢？」
「就在咖啡店附近。」
「那我走這邊。」邢露首先說。「再見。」她重新繫上圍巾，裹緊身上的外套，走進人群裡，留下了那紅色裙子的翩翩身影。

5

一個星期過去了，邢露都沒有到咖啡店上班。一天早上，她終於出現了。
看完畫展第二天，她心裡想著：
「不能馬上就回去。」
於是，整個星期她都留在家裡，為自己找了個理由：
「要是他愛上了我，那麼，見不到我只會讓他更愛我，不管怎樣也要試試看。」

徐承勳一進來，看到她時，臉色唰地亮了起來，邢露就知道自己做對了。

已經是午後三點鐘，斜陽透過落地玻璃照進來，店裡零零星星坐著幾個客人，都是獨自一人，靜悄悄的沒人說話。

徐承勳逕自走到吧台去，傻乎乎地，幾乎沒法好好說話。

「妳好嗎？」他終於抓到這幾個字。

「我生了病……」邢露說。

徐承勳問：

「還好吧？病得嚴重嗎？」

「不是什麼大病……只是感冒罷了。」

徐承勳鬆了一口氣，眼裡多了一絲頑皮，說：

「妳那天晚上穿得這麼漂亮，我還擔心妳是不是給人擄走了。」

「本來是的，但是我逃脫了。」邢露一臉正經，開始動手為他煮咖啡。

「那天晚上忘了問你，你是畫什麼畫的？」

徐承勳回答說：

「油畫。」

邢露瞥了瞥他，說：

「我在想，你會不會有興趣把作品放在這裡寄賣，一來可以當作是開一個小型的畫展；二來可以讓多一些人認識你，也可以賺些錢；三來──」邢露把煮好的咖啡放在他面前。

「好處還真多呢！」徐承勳微微一笑，就站在吧台喝他的咖啡。

「三來──」邢露看了一眼掛在牆壁上那些複製畫，厭惡地說：「我受夠了那些醜東西，早就想把它們換掉。」

「妳老闆不會有意見嗎？」

「我說了算。這裡的老闆是我男朋友。」

「真的？」徐承勳臉上掠過一絲失望，酸溜溜地低下頭去啜了一口咖啡。

邢露瞥了他一眼，臉露淘氣的微笑說：

「假的。我老闆是女人……你第三次掉進我的圈套了！」

徐承勳笑開了：

「我早就說過，我是很容易中美人計的啊！」

邢露轉身到廚房把一塊剛剛烤好的核桃仁黑巧克力蛋糕放在碟子裡拿給他。「你會不會考慮一下我的建議？」

徐承勳咬了一口蛋糕，說：

「凡是會做出這麼好吃的蛋糕的女孩子，提出的任何要求我都答應。」

邢露憋住笑說：

「我認識一打以上的女孩子會做這個蛋糕。」

6

可是，第二天，當邢露看到那些油畫時，她心頭一顫，後悔了。

她心裡說著：

「不該是這樣的，他不該畫得這麼好！」

徐承勳說：

「我不知道該怎麼標價。」

那個黃昏，徐承勳帶來了幾張小小的油畫，攤開在咖啡店的桌子上。邢露坐下來看畫，她一句話也沒說，狠狠地用牙咬著唇，咬得嘴唇都有點蒼白了。看了好一會兒，她抬起頭，那雙大眼睛像個謎，說：

「先把畫掛上去，我來標價吧！」

隨後她問徐承勳：

「就只有這麼多？你還有其他嗎？」

「在家裡，妳有興趣去看看嗎？」

「好的，等我下班後。」

邢露站起來，把油畫一張張小心翼翼地掛到牆壁上。

徐承勳有點窘困地望著邢露的背影，他覺得她今天的神情有點撲朔迷離，然而，這樣的她卻更美了。

邢露把畫全都掛上去之後，望著那一面她本來很討厭的橘黃色的牆壁，心裡惆悵地想：

「為什麼會這樣？現在連牆壁都變得好看了！」

7

徐承勳的小公寓同時也是他的畫室，那幢十二層公寓有一部老得可以當作古董，往上升時會發出奇怪聲音的電梯。公寓裡只有一個睡房，一個簡單的床舖、一間小浴室、一間小廚房，廚房的窗戶很久以前已經用木板封死了，家具看上去好像都是救世軍捐贈的，一張方形木桌上散落著畫畫用的油彩和工具，一些已經畫好的油畫擱在椅子上，另一些挨在牆邊。

邢露看了一下屋裡的陳設，促狹地說：

「天哪！你好像比我還要窮呢！」

徐承勳咯咯地笑了，找出一把乾淨的椅子給她。邢露把外套和圍巾搭在椅子上，並沒有坐下來，她聚精會神看徐承勳的畫，有些是風景，有些是人，有些是水果。

當邢露看到那張水果畫的時候，徐承勳自嘲地笑笑說：

「這是我的午餐……和晚餐。」

邢露嚴肅地說：

「你不該還沒成名的。」
徐承勳臉上綻出一個感動的微笑：
「也許是因為……我還活著吧！」
他聳聳肩，又說：
「不過，為了這些畫將來能夠賣出去，我會認真考慮一下買兇幹掉我自己！」
邢露禁不住笑起來。隨後她看到另一張大一點的畫。
「這是泰晤士河嗎？」她訝然問。
「是的。」
「在那兒畫的？」
徐承勳回答：
「憑記憶畫的。妳去過嗎？」
「英國？沒有……我沒去過，只是在電影裡見過，就是《魂斷藍橋》。」
徐承勳問道：
「妳喜歡《魂斷藍橋》嗎？」

邢露點了一下頭，說：

「不過電影裡那一條好像是滑鐵盧橋。」

「對，我畫的是倫敦塔橋。」

邢露久久地望著那張畫。天空上呈現不同時刻的光照，滿溢的河水像一面大鏡子似的映照橋墩，河岸被畫沿切開來了，美得像電影裡的景象。

她臉上起了一陣波動，緩緩轉過身來問徐承勳：

「我可以用你的洗手間嗎？」

她擠進那間小小的浴室，鎖上門，雙手支在洗手槽的邊邊，望著牆上的鏡子，心裡叫道：

「天哪！他是個天才！」

隨後她鎮靜下來，長長地呼吸，挺起腰背，重新望著鏡子中的自己，那雙眼睛突然變得冷酷，心裡想：

「管他呢！」

邢露從浴室出來時，看到徐承勳就站在剛剛那堆油畫旁邊。

「要不要一起吃個晚飯？」他問。

她瞥了一眼剛剛那張水果畫，帶著微笑問徐承勳：

「你是說要吃掉這張畫？」

徐承勳咯咯笑出聲來。「不。我應該還請得起妳吃頓飯。」他說著把她搭在椅子上的外套和圍巾拿起來。「我們走吧！」

他們在公寓附近一間小餐廳吃飯。邢露吃得很少，她靜靜觀察坐在她對面的徐承勳，眼前這男人開朗聰明，又有幽默感。他告訴邢露，他念的是經濟，卻選擇了畫畫。

「為什麼呢？」她問。

「因為喜歡。」他說。

邢露說：

「並不是每個人都可以隨心所欲做自己喜歡的事呀！」

「那要看妳願意捨棄些什麼？」

「那你捨棄了些什麼？」

徐承勳咧嘴笑笑說：

「我的同學賺錢都比我多，女朋友也比較多。」

「錢又不是一切。」邢露說。「我以前賺的錢比現在多，可我覺得現在比較快樂。」她把垂下來的一綹髮絲撩回去耳後。「你有沒有跟老師學過畫畫？」

「很久以前上過幾堂課。」

「就是這樣？」

徐承勳點點頭說：

「嗯，就是這樣。」

「但是，你畫得很好啊！你總共賣出過幾張畫？」

徐承勳嘴角露出一個靦腆的微笑。

「一張？」邢露問。

徐承勳搖搖頭。

「兩張？」

徐承勳還是搖搖頭。

邢露把拇指和食指圈起來，豎起三根手指，說：「三張？」

徐承勳望著她圈起來的拇指和食指，尷尬地說：

「是那個圓圈。」

邢露叫道：

「一張都沒賣出去？太沒道理了！」

她停了一下，說：

「也許是因為……」

徐承勳點了一下頭，接下去說：

「對……因為我還活著。」

邢露用手掩著臉笑了起來。

徐承勳一臉認真地說：

「看來我真的要買兇幹掉我自己！」

邢露鬆開手，笑著說：

「但你首先得賺到買兇的錢啊！」

徐承勳懊惱地說：

「那倒是。」

他們離開餐廳的時候，天空下起毛毛細雨來，徐承勳攔下一輛計程車。

他對邢露說：

「我送妳回去。」

計程車抵達公寓外面，兩個人下了車。

「我就住在這裡。」邢露說。

「我送妳上去吧。」

邢露看了看他說：

「這裡沒電梯。」

徐承勳微笑說：

「運動一下也好。」

他們爬上公寓昏暗陡峭的樓梯。他問邢露：

「妳每天都是這樣回家的嗎？」

邢露喘著氣說：

「這裡的租金便宜。」

「妳跟家人一塊住嗎？」

「不，跟一個室友住，她是我中學同學。」

到了三樓。「是這一層了。」邢露說著從皮包裡掏出鑰匙。「謝謝你送我回來。」

「我在想……」徐承勳站在那兒，臉有點紅，說：「除了在咖啡店裡，我還可以在其他地方見到妳嗎？」

邢露看了他一眼，微笑說：

「我有時也會走到咖啡店外面。」

徐承勳禁不住笑出聲來。

「你有筆嗎？」邢露問。

徐承勳連忙從外套的口袋裡掏出一枝鋼筆遞給邢露。

邢露又問：

「要寫在什麼地方呢？」

徐承勳在幾個口袋裡都找不到紙，只好伸出一隻手來。

「寫在這裡好了！」

邢露輕輕捉住他那隻手，把家裡的電話號碼寫在他手心裡。寫完了，她想起什麼似的，說：

「外面下雨啊！上面的號碼也許會給雨水沖走。」

徐承勳伸出另一隻手說：

「這隻手也寫吧。」

邢露捉住那隻手，又在那隻手的手心再寫一遍。寫完了，她調皮地說：

「萬一雨很大呢？也許上面的號碼還是會給雨水沖走。」

徐承勳嚇得摸摸自己的臉問道：

「妳不會是想寫在我臉上吧？」

邢露禁不住笑起來，因為喘著氣爬樓梯上來而泛紅的臉蛋閃亮著，聽到徐承勳說：

「這樣就不怕給雨水沖走了。」

她看到他雙手緊緊地插在褲子兩邊的口袋裡。

「那你怎麼召計程車回去？」她問。

徐承勳看了看自己的腿，笑著回答：

「我走路回去。」

邢露開了門進屋裡去，臉上的笑容突然消失了。她在門後面的一把椅子坐下來，疲倦地把腳上的皮靴脫掉。

明真這時從浴室裡出來。「妳回來囉？」

邢露點點頭，把皮靴放好在一邊。

雨忽然下大了，啪嗒啪嗒地打在敞開的窗子上。

「剛剛還沒這麼大雨。」明真說著想走過去關窗。

「我來吧。」邢露說。

起身去關窗的時候，邢露站在窗前，往街上看去，看到徐承勳從公寓出來，一輛車廂頂亮著燈的計程車在他面前緩緩駛過，他沒招手，雙手插在褲子的兩個口袋裡，踩著水花輕快地往前走。

邢露心裡想：

「他說到做到，這多麼傻啊！」

「剛剛有人送妳回來嗎？」明真好奇地問。「我好像聽到妳在外面跟一個人說話。」

邢露沒有否認。

「是什麼人？他是不是想追求妳？快告訴我吧！」

邢露輕蔑地回答說：

「只是個不重要的人。」

那天夜裡，邢露蜷臥在她那張窄小的床上，心裡卻想著那幅泰晤士河畔。

她心裡說：

「他畫得多像啊！泰晤士河就是那個樣子！」

突然她又惆悵地想：

「也許我已經忘記了泰晤士河是什麼樣子的了。」

隨後她臉轉向牆壁，眼睛發出奇怪的光芒，嘴裡喃喃說：

「得要讓他快一點愛上我！」

8

第二天早上醒來，邢露經過老姑娘的那家花店時，挑了一束新鮮的紅玫瑰，付了錢，聽到老姑娘在背後嘀咕：

「長這麼漂亮的女孩子，卻總是自己買玫瑰花！」

快要到咖啡店的時候，她遠遠就看到徐承勳站在咖啡店外面。他雙手插在褲子的口袋裡，低下頭去踢著地上的小石子。

邢露走過去，對徐承勳說：

「你還真早呢！」

徐承勳抬起頭來，臉上露出有如陽光般的笑容，說：

「想喝一杯早上的咖啡！」

邢露瞥了他一眼說：

「喔……原來是為了咖啡。」

「喔……那又不是！」徐承勳連忙說。

「可以替我拿著嗎？有刺的，小心別扎到手。」邢露把手裡的花交給徐承勳，掏出鑰匙打開咖啡店的門。

徐承勳拿著花，頑皮地說：

「我覺得我現在有點像《小王子》！」

「《小王子》裡的小王子只有一朵玫瑰啊！而且是住在小行星上

的。」邢露把捲閘往上拉開。

「小王子很愛他那朵玫瑰。」徐承勳替她打開咖啡店的玻璃門。

「可惜玫瑰不愛他。」邢露一邊走進去一邊說。「而且，他愛玫瑰的話，就不會把她丟在行星上，自己去了旅行。」

「但小王子臨走前做了一個玻璃屏風給她啊！」

邢露拿起吧台上的一隻玻璃大水瓶，注滿了水，接過徐承勳手裡的玫瑰，插到瓶裡，開始動手磨咖啡豆。

她帶著微笑問徐承勳：

「你吃過早餐了嗎？」

徐承勳回答說：

「還沒有。」

「我正準備做鬆餅呢。有興趣嗎？」

「妳會做鬆餅？」

邢露瞥了他一眼說：

「我不只會做核桃仁黑巧克力蛋糕。」

徐承勳說：

「那個已經很厲害了！」他說。

「我還會做麵包，今天我打算做一個核桃仁無花果麵包。」

徐承勳露出驚嘆的神色說：

「妳連麵包都會做？」

邢露笑開了，把剛剛沖好的咖啡遞給他說：

「我可以做一桌子的菜。」

「喔……謝謝妳。」徐承勳雙手捧著咖啡，有點結巴地問道：「今天晚上一起吃飯好嗎？」

那是美妙的一天，他們去看了一場電影，然後到一家小餐館吃飯。徐承勳充滿活力，總是那麼愉快，那愉快的氣氛能感染身邊的人。他們什麼都談，剛剛看完的電影、喜歡的書、還有他那些有趣的朋友。他教會她如何歡笑，而她已經很久沒有由衷地笑出來了。當他談到喜歡的畫時，那些也正是她喜歡的，她默默佩服他的鑑賞力。他又告訴她，有一種英國玫瑰叫「昨日」，邢露笑笑說，她只聽過「披頭四」和「木匠兄妹」的〈昨日〉。

送她回家的路上，徐承勳說：

「《快樂王子》裡的王子，沒有玫瑰；不過，他有一隻燕子，那隻燕子愛上了岸邊的蘆葦，但是蘆葦不愛牠……結果，牠沒有南飛，留了下來，替快樂王子把身上的珠寶一一送給窮人。我小時候很喜歡這個故事。」

這時候，徐承勳怯怯的手伸過來握住邢露的手。

邢露羞澀地說：

「最後，燕子凍死在快樂王子像的腳邊啊！這個世界根本沒有王子。」

他們相愛了。是怎麼開始的呢？彷彿比她預期的還要快，有如海浪般撲向人生，衝擊人生，她躲不開。

後來有一天晚上，他們去看電影。徐承勳去買票，邢露在商場裡閒逛著等他。那兒剛好有一家賣古董珠寶的小店，她額頭貼在櫥窗上，看著裡面兩盞小射燈照著的一顆胖胖的玫瑰金戒指，圓鼓鼓的戒面上頭，鑲著一顆約莫五十分左右的鑽石。以前在珠寶店上班的時候，她見過比這顆戒指名貴許多的珠寶，可是，不知道為什麼，這顆戒指卻吸引了她的視線。

她心裡想著：

「是誰戴過的呢？好漂亮！」

突然之間，她在櫥窗的玻璃反映上看到一張臉，是那個光頭矮小的男人的臉，他就站在她身後盯著她看。

邢露扭過頭去，卻什麼也沒看見。

她心裡怦跳起來，叫道：

「我明明看到他的！又是他！他打算一直監視我麼？」

她追出商場去，想看看那個人跑到哪裡去。就在這時，一隻手搭在她肩膀上，她整個人抖了一下，猛然回過頭來。

「可以進去了。」徐承勳手裡拿著兩張剛剛買的票。看到她蒼白著臉，他問她：「妳怎麼了？」

邢露手按著額頭說：

「你嚇到我了！」

第二章

破碎的夢想

就像天下間
所有心存僥倖的人那樣，
邢露也抱著虛妄的希望。

現實卻有如冷水般潑向她，
她跟蹌著悔恨的腳步，
這就是愛情的代價。

1

邢露九歲那一年，父親帶著她飛去英國見一個她從沒見過面的、垂死的老人。

那是邢露頭一次搭飛機。機艙裡的空服員全都跑來看她。大家圍著她，說從沒見過這麼粉雕玉琢的一個小人兒，眼睛那麼大、那麼亮，像天上的星星，長大了不知道還會有多美。

她睏了，蜷縮在父親的大腿上，父親摩挲著她的頭髮，說：

「妳會愛上英國的，但是，妳會恨它的天氣。」

邢露早就夢過英國了。

自從有記憶以來，每年聖誕節，邢露都會收到從英國寄來給她的聖誕禮物。那些禮物有穿深紅色天鵝絨裙子的金髮洋娃娃、上發條的金黃色玩具小狗、毛茸茸的古董泰迪熊、一整套硬紙板封面的童話書。有一次，她還收到皇室成員才吃得到的美味果醬和裝在一個精緻鐵盒裡的巧克力。

每年的聖誕，成了邢露最期待的日子。

這些禮物，全都是一個老人寄來給她的。邢露只見過他的照片。照片中的老人瘦削瀟灑，目光炯炯。

老人是邢露素未謀面的祖父。

邢家幾代之前是從上海遷徙到香港的名門望族，由於子孫不懂經營，加上揮霍無度，到了邢露祖父這一代，也只剩下表面風光了。

祖父的父親一共娶了三房太太，三位太太總共為他誕下十四個兒女。從英國留學歸來的祖父排行第十三，並不是最得寵的一個兒子。性格反叛的他，當年跟父親吵了一架之後，拿著自己那份家產，帶著妻子和獨生兒子回英國去了。

祖父交遊廣闊，出身顯赫，很快就打進了倫敦的上流社會。他斷斷續續在大學裡教過書，也做過一些小買賣，但是從來沒有一份工作做得長。到了後來，千金散盡，只得依靠妻子的嫁妝度日了。然而，紈褲子弟的習性和揮金如土的本性卻始終改不了，喜歡美酒、美食和一切昂貴而不實際的玩意。

邢露的父親是這樣長大的。他是個美男子，由於母親的溺愛，從來不知道憂愁為何物，也看不見家裡已經外強中乾了。他善良開朗、快活，書讀得很隨便，跟父親合不來，卻懂得一切美好的生活。他愛遊歷、愛好藝術，到處寫生，留下了不少風流韻事，遠至馬達加斯加也有年輕的情人為他流淚。

他二十六歲那年，回去英國領了母親留給他的一筆遺產，便再也沒有留下的理由。三十三歲那一年，他就像候鳥回歸那樣回到香港，在外祖母家裡邂逅了家中廚娘情竇初開的女兒。這個少女對他神魂顛倒，為了把他留在身邊，不惜懷上他的孩子。

兩個人租下界限街一間小公寓，匆匆結了婚。七個月後，一個晨光初露的秋天，邢露出生了。

妻子曾經對丈夫如痴如醉，為他顯赫的家世和堂皇的儀容傾倒，夫妻倆有過一段甜蜜的新婚日子。然而，幾年過去了，婆婆留下的遺產已經花得所剩無幾，她發現從來沒做過事的丈夫竟然天真地決定當個畫家，以為這樣就可以養活一家三口。

結果，他那些油畫一年到頭也賣不出去，丈夫抱怨是別人不懂欣賞，妻子則認為是丈夫不切實際。生活愈來愈拮据，妻子千方百計替丈夫找到一份畫師的工作，負責繪畫戲院外牆那些巨型的電影廣告牌。丈夫認為這是一種淪落，妻子則哭著說已經欠了房東三個月的租金。丈夫為了逃避妻子的嘮叨，只好勉為其難答應。

其實，他早就被生活一點一滴地打垮了，那些浪跡天涯的輕狂往事已經束到記憶的高閣去，就像酒變成了醋，只留下單調乏味的婚姻生活。每天離家上班，就意味著可以暫時逃離妻子的抱怨。於是，他以遊戲人間的方式投入地繪畫過《沖天大火災》裡的摩天大廈、《金剛》裡的黑猩猩和《唐山大兄》裡李小龍那一身漂亮的肌肉。

為了紓解生活挫敗造成的鬱結，每個月拿到薪水之後，他把錢花得好像還是當年那個風流倜儻的闊少爺似的，有時候更喝得酒氣沖天才回家。妻子在默默的忍耐中克制著怒氣，為了幫補家計，她在一戶富有人家裡當個廚娘，兜兜轉轉那麼多年，她發現自己竟然又走在母親那條老路上。於是，只要一有機會，她就會絮絮不休地提醒女兒：

「永遠不要愛上光棍！」

「不要相信男人的甜言蜜語！」

「只有嫁給錢才會有幸福！錢是可以買到幸福的呀！」

她把化為粉碎的夢想寄託在孩子身上，期望她將來嫁個金龜婿。女兒是她的驕傲，長得美若天仙，溫馴聽話，聰明用功。她每天為女兒梳好那一頭淺栗色的秀髮，餵她喝牛奶和魚油，把孩子打扮得像小公主似的，不會比任何一位真正的千金小姐遜色。

她對女兒管得很嚴，生怕她走上岔路。邢露小學畢業後，派到一所男女中學。母親一聽到女兒要跟男孩子一起上課，就嚇得昏了頭。拜託東家幫忙，終於靠著東家的面子把女兒弄進了一所貴族女中。

丈夫打心眼裡瞧不起妻子的勢利和膚淺。他教給女兒的是另一些事情：他教邢露畫畫，時常穿著襯裡綴著補釘的西裝和那雙鞋底補了又補的皮鞋，像一位紳士似的，牽著她的小手，帶她去看畫展，也帶她到海運碼頭去看停泊在那兒的遠洋郵輪。他走遍世界，告訴女兒倫敦、巴黎、威尼斯、蒙地卡羅、布達佩斯的事情、從前的情人、見過的大人物、參加過的大宴會……女兒崇拜父親，父親也在女兒身上看到曾經年輕熱情的妻子。

父女倆漸漸成了同盟。

做父親的，有一次因為一時高興，把女兒的照片寄到英國給自己的父親，用一個小人兒來打破父子之間多年的隔閡。祖父被那張照片打動了，那時剛好是十二月初。到了聖誕節，邢露收到祖父從英國寄來給她的一份精緻的禮物、一張近照和一封寫著寥寥幾行字的信，大意是：

「我想念你們。」

那些聖誕禮物一共送了六個年頭，到了第七年五月的一天，送來的是一封電報。祖父病危，電報上特別提到：

「想見見孫女兒。」

那一刻，邢露父親看到的是再也沒機會修補的父子情和悔恨；邢露母親看到的卻是一筆遺產。

「那個自私的老人就只有這一個兒子，何況，他生活在英國啊！」她心裡想。

於是，她咬著牙把積蓄拿出來，典當了一些首飾，才湊夠錢買了兩張飛往倫敦的廉價機票，滿懷希望地把父女兩人送上飛機。

邢露沒見到祖父最後一面。他們抵達醫院時，老人已經在幾個鐘頭之前安詳地離開了人世間，把他帶走的是淋巴癌。

老人留下的不是一筆遺產，而是一筆債務。兒子從律師那兒才知悉，父親人生最後那幾年的歲月全是建築在債台上的。兒子聽到了並不失望，反而覺得父子之間從來沒有這麼親近過。他走了那麼多的路，終於知道自己像誰了。

現在他思念起父親來，對往昔的日子無比眷戀，於是，那天早上，他帶著女兒離開寒傖的小旅館，搭上一艘觀光船重遊小時父親帶他看過的泰晤士河。那時正是五月，是倫敦一年之中最漂亮的季節，邢露看到了皇宮、西敏寺、大教堂、倫敦塔橋、大笨鐘……

她指著在河岸上翱翔的白色海鷗，天真地問身旁的父親：

「這些海鷗是誰的？」

父親笑笑說：

「全都是屬於女王的！」

「女王的？那總共有多少隻？」

「就連女王自己也不知道。不過，她的侍衛每天都會替她數數看。」

上了岸，父親興致勃勃地跟邢露說：

「走吧！我們去吃飯。」

父親帶她走進一家古舊堂皇的餐廳，從天花板垂掛下來一盞亮晶晶的巨大吊燈，牆上鑲著鏡子，拼花地板打磨得光可鑑人，桌上鋪著附有紅色流蘇的天鵝絨桌布，服務生全都穿著黑色的燕尾服，臉上的神情高傲得像貴族。她吃了奶油湯和牛排，一小口一小口地啃著盛在一個銀杯子裡的草莓冰淇淋。

吃完飯，他們離開餐廳，走上倫敦大街時，邢露在一家店的藍色櫥窗前面停下腳步，臉貼到櫥窗上，目不轉睛地望著裡面一盒木顏色筆。她一直想要這麼漂亮的木顏色筆，裝在一個金色的長方形鐵盒裡，每一枝筆都削得尖尖的，總共有二十四種顏色。

父親找遍身上每一個口袋，終於找到一張揉成一團的鈔票，妻子給他的旅費就只剩下這麼多了。這個樂天的男人瀟灑地對女兒笑了笑，說：

「原來妳將來也想當畫家嗎？好吧！我們就買下來。」

也許這個世上有比英國更美的國家，比倫敦更美的城市；然而，童年往事就像從高高的天花板垂掛下來的那盞水晶吊燈上無數的小切面，在記憶裡閃爍生輝，永遠也不會熄滅似的。

許多年之後，人臉模糊了，泰晤士河的河水愈來愈模糊了，那盒顏色筆也顯得憔悴了，然而，每當邢露感到挫敗和死心，她總以為，美好的生活與無限幸福就在那兒等待著她。為什麼不能奔向那兒呢？為了回去她嚮往的那片土地，她甚至會不惜一切。

2

邢露是什麼時候發現自己奢華的天性的呢？

十一歲那年，母親把她送進一所儼如修道院的貴族女中。開始的時候，邢露並不討厭學校，在那裡過得很快樂。她愛在教室的大吊扇下用手帕抹著頸子上細細的汗水，在外面鋪上拼花地板的迴廊散步，愛看學校裡最美麗的那幾位修女。

邢露不信宗教，卻常常到學校的小聖堂去，雙手合十，跪在陰暗中。她愛的是牆上的彩繪玻璃、祭壇上的玫瑰花、念珠的慈悲、十字架上的受難耶穌和聖母憐子像。她傾聽詩歌裡憂愁的詠唱和塵世的空虛，那裡迴響著永恆的悲嘆。

但是，不久之後邢露就發現，在學校早會上為詩班鋼琴伴奏的那位高年級學生是富商的孫女兒；聖誕晚會時，在台上跳芭蕾舞的是建築師的掌上明珠。她那些趾高氣揚的同學，全是非富則貴，開車送她們上學的司機，其中有幾個是穿一身筆挺的白色制服、頭戴帽子的，看上去就像電影裡一艘豪華郵輪上的船長。到了中午，那些女傭一個個排著隊送午飯來給她們的小主人，生怕嬌貴的小姐們吃不慣學校的飯菜。

於是，邢露變得愈來愈安靜了，免得露出自己的底細來。

填寫家庭資料的時候，父親明明是一名繪畫戶外廣告牌的工人，她卻在職業那一欄巧妙地填上「畫家」，母親明明是廚娘，她只填上「家庭主婦」。

每一次學校向學生募捐的時候，邢露總是拚命遊說母親多捐一點錢，撒謊說有個最低限額。園遊會的時候，老師發給每個學生一疊抽獎券，說明用不著全都賣光，邢露偏偏哄父親替她全部買下來。她這些行為並不是出於慷慨或是善良，而是好勝和虛榮。

然而，邢露發現她永遠不會是班上捐款最多的那個學生。她也沒機會學鋼琴和芭蕾舞。要是她能夠，她難道不會做得比她們任何一個都出色嗎？她不禁在心中質問上帝，為什麼不能成為那樣呢？為什麼要貧窮呢？貧窮並不是聖壇上的玫瑰花或者耶穌頭上的荊棘冠冕，而是撒旦的詛咒。邢露不再去聖堂祈禱了。

她把好勝和虛榮改而投進書本裡，她上課留心，讀書用功，成績總是名列前茅。她最愛上英國文學的課，在家裡跟父親說英語，心中暗暗瞧不起不會說英語的母親，覺得這個廚娘的女兒配不起父親。

然而，學校那張漂亮的成績單只能滿足她心中好勝的那部分，虛榮的那部分卻感到飢渴。

到了情竇初開的年紀，邢露如痴如醉地沉浸在另一種書裡，內容全是愛情，熱戀中的男女，充滿波瀾的生活，短命的多情女子，在覆滿玫瑰花瓣的地板上跳的華爾滋，大宅弧形露台上看的月光，生死不渝的誓言，雨中相擁的淚水，醉倒在懷裡的吻，頭戴珍珠冠冕披著白色面紗、拖著長長裙襬踏上紅地毯的純潔新娘和套在無名指上的盟約。十五歲以前的邢露，這幾年間，雙手都被這些租書店的舊書灰塵弄得髒髒的。

愛情不該是這樣的嗎？

華麗水晶大吊燈下的那支舞一直跳到永遠，披著粉紅色羽毛的多情小鳥在窗外翻飛，男人會為女人摘星星、摘月亮。

掛在邢露頭頂上方一盞昏黃的罩燈，照亮著那個遙遠而波瀾起伏的世界，憂愁晚鐘和痴情夜鶯的歌聲在那兒迴響著，她蒼白的少女時代是感情平庸的人無法到達的境界。

3

到了十五歲那一年，邢露愛上了一個男孩。

他跟她一樣念高中一年級，是隔鄰一所男校理科的高材生程志傑。

程志傑是學校裡風頭最盛的運動健將，網球打得很棒，拿下了學界冠軍的獎盃。他長得挺拔帥氣，身上穿著雪白的球衣，在球場上奔跑的那個模樣彷彿頂著一身的陽光。

一個冬日的黃昏，程志傑在學校外面頭一次看到邢露，從那天起，每天上學和放學的時候，他總是找機會在她面前晃過。

其實，邢露早就風聞過他的名字了，她們學校的女生經常私底下討論他，去看他比賽，為了他才去學習網球，故意在他練習的球場上出沒。

一天，放學的時候，邢露發現程志傑坐在學校外面的欄柵上等她，身旁還圍著幾個小跟班。他看到她，連忙走過來自我介紹，匆匆把一張網球公開賽決賽的門票塞到邢露手裡。滿懷自信地說：

「妳會來看我比賽的吧？」

邢露好奇地抬起頭看了看他，收下那張門票。

比賽的那天，程志傑擊敗了厲害的對手，摘下冠軍的獎盃，卻贏得很寂寞，因為，他愛慕的那個女孩並沒有出現在看台上。

第二天早上，邢露進去教室的時候，發現裡面數十雙眼睛全都看向她。她緩緩走過去，把放在她椅子上那隻綁著銀絲帶的沉甸甸的金色獎盃拿開，隨後若無其事地坐下來，把要用的課本攤開在桌子上，心裡卻翻騰著甜蜜的波瀾。

那天放學的時候，程志傑身邊的幾個小跟班不見了。他走上來攔住邢露，噘著嘴問她：

「妳昨天為什麼不來？」

邢露看了他一眼，冷著臉說：

「有必要這麼張揚嗎？」

程志傑紅著臉，一句話也說不出來。

邢露故意氣他，說：

「我寧願要一個鳥巢！」

看到程志傑那受傷的神情，邢露心中卻又後悔了，害怕他不再找她。

然而，第二天早上，邢露走進教室的時候，發現一個孤零零的鳥巢可憐地放她的椅子上，裡面還黏著幾根灰綠色的羽毛。那幾個妒忌她的女生臉上露出訕笑和幸災樂禍的神情，以為程志傑故意放一個鳥巢在那兒戲弄她，只有邢露自己知道，這個為她摘鳥巢的男孩子，也會為她摘星星、摘月亮。

那天放學的時候，程志傑在學校外面等她，看到她出來，他走上去，噘著嘴問她：

「那是妳要的鳥巢嗎？」

邢露瞥了他一眼，說：

「你是怎麼弄來一個鳥巢的？」

程志傑回答說：

「樹上。」

邢露語帶嘲諷地說：

「是你那幾個跟班替你拿下來的吧？」

程志傑連忙說：

「是我自己爬上去的！」

他又不忘補上一句：

「我爬樹挺快。」

邢露好奇地問：

「那棵樹有多高？」

「約莫一層樓吧！」

邢露嚇壞了，叫道：

「天哪！你會掉下來摔死的！」

程志傑聳聳肩，說：

「沒關係！妳還想我為妳做些什麼？」

邢露笑開了。「我現在還沒想到，以後想到再告訴你。」

程志傑又問：

「妳喜歡那隻獎盃嗎？」

邢露嘸嘸嘴說：

「你害得我很出名呢。」

程志傑怯怯地偷看了邢露一眼說：

「我想把它送給妳。」

邢露看了看他說：

「那是你贏回來的，我又不會打網球。」

程志傑雀躍地說：

「我教妳。」

可是，邢露想起自己沒有打網球穿的那種裙子，母親也不會買給她，她低下頭去，望著腳上那雙黑色丁帶皮鞋的腳尖，幽幽地說：

「我不一定想學。」

隨後她聽到學校的小聖堂敲響了五點的鐘聲，那聲音變得很遙遠，兩個人已經不說話了，不時看向對方的臉，她的臉像春風，驅散了寒冬的蕭瑟，那雙黑亮的瞳孔流洩出一種聲音似的，彎翹的睫影在那兒顫動著，想著幸福和未來，人生和夢想。夕陽落在遠方的地平線上，天色漸漸暗了，愛情才剛開始自她腳踝邊漫淹開來。

為了跟志傑見面，邢露編造了許多謊言，做母親的自以為一向把女兒管得很嚴，因此絲毫沒有懷疑那些要到圖書館溫習和留在學校補習的故事，也沒注意到女兒的改變。

而今，在教室裡上課的時候，邢露的眼睛不時偷偷看向窗外，因為從那些窗戶看出去，可以看到隔壁那幢男校和那邊走廊上的一排粉藍色的欄柵，她的世界就封閉在那兒。

這雙小情人一見面就互訴衷情，離學校不遠竟然也大著膽子偷偷牽著對方的手。志傑有時會帶邢露回家，他跟父母和一個老傭人住在一幢兩層高的房子裡。兩個人躲在志傑的睡房裡一起讀書、聽歌、接吻，緊緊地擁抱。她有好幾次推開他那怯怯地伸過來想要嘗試撫愛的手，堅定地說：

「要是你愛我，你會願意等我。」

她的貞潔是為他們的愛情而守著的，並且相信他會因此感動。

然而，她是什麼時候開始恨他的呢？也是在這個鋪了厚地毯的房間裡。

那天，志傑結結巴巴地告訴邢露：

「爸爸要我去美國念書。」

她顫抖著聲音問：

「一定得去嗎？」

「那邊的學校已經錄取了我，我這兩個月之內就要去註冊。」他不敢看向她。

邢露的眼淚撲簌簌地湧出來，叫道：

「你早就知道會走的！你早就知道的！」

志傑臨走前的那個夜晚，邢露瞞著母親，偷偷走到公寓樓下跟他見面。她緊緊地摟著他，哭著說：

「你會愛上別人……你很快就會忘了我……為什麼明知道要走還要開始？」

志傑向邢露再三保證。「不會的……我不會愛上別人……我不會忘記妳……」他抓住她兩個肩膀，看著那雙哭腫了的大眼睛，說：

「我想過了，等我在那邊安頓下來，我馬上叫爸爸出錢讓妳過來跟我一起念書。」

邢露彷徨地問：

「你爸爸他會答應嗎？」

「他很疼我，他會答應的！只要我把書念好就跟他說。而且……」

他帶著微笑說：「他很有錢！沒有問題的！」

邢露那雙淚眼看到的是一個充滿希望和無數幸福的未來。她終於可以離開這裡了，擺脫了母親。雖然捨不得父親，但是，父親會為她高興的。其實，她根本就沒想那麼多，一心只想著志傑很快會把她接過去，兩個人不會再分開。從此以後，他們會一起上學，幾年後，他們大學畢業，說不定會結婚……還有夢寐以求的許多日子等著他們。

然而，他就像出籠的鳥兒一樣，她抓不住了。起初的時候，他每天寫信回來，然後是每星期一封，隨後變成了每個月一封，信的內容由當初的痛苦思念變成總是抱怨功課有多忙，信寫得愈來愈短，也沒有再提起接她到美國讀書的事。

那時差不多要會考，邢露每天攤開一本書，想集中精神，腦子裡卻一片混亂，一會兒安慰自己說：「他在那邊讀書一定也很辛苦，所以沒辦法常常寫信！」一會兒又悲觀地想：「說不定他已經愛上了別人。」

她整天躲在房間裡胡思亂想，母親以為她太緊張考試了，特別弄了許多補品，逼她吃下去，她卻全都偷偷吐出來。

她不斷寫些充滿熱情的信給志傑，志傑的回信卻愈來愈冷淡，而且常常是過了很久之後才回信。

那曾經自腳踝邊漫淹開來，她浸泡在當中過日子的愛情，已經退到遙遠的他方了。

她受不了，寫了一封長信質問他是不是愛上了別人。她驕傲地表示，要是這樣的話，她會祝他幸福，她會永永遠遠忘掉他。她這麼說，只是想撲上去用雙手和雙腳抓住那無根的愛情。

信寄出去了，邢露每天心慌意亂地來來回回跑到樓下去檢查信箱。那兩個星期的日子太漫長了，一天，她終於在信箱裡看到一個貼著美國郵票的藍色信封。她手裡抓著那封宣布她愛情命運的信，拚命爬上樓梯。信在她手指之間薄得像一片葉子似的。

她到了家，推開睡房的門，走了進去。

「我們這麼年輕，還是應該專心讀書的……我對不起妳……妳會忘記我的……妳一定會找到幸福……」

邢露坐在床邊，那雙載滿淚水的眼睛反覆讀著最後幾行字，腦裡亂成一團，整個人空了。她的世界已經化為粉碎，為什麼不乾脆死了算呢？為什麼不能去美國呢？

母親在外面叫她，邢露心煩意亂地把信藏起來，打開門走出去。

母親給了她幾件漂亮的衣服，是東家那個年紀和她差不多的女兒不要的舊衣服。母親說：

「那孩子今年要去美國讀書了。臨走前要在家裡開幾個舞會呢！」

邢露砰的一聲直挺挺地昏倒在地板上。

那段日子是怎麼熬過去的呢？她整天把自己鎖在房間裡，有時候倚在窗邊，呆呆地看著街上，一看就是幾個鐘頭，一句話也沒說，吃飯的時候，只是勉強吃幾口。

一天，邢露在公寓樓下坐了一個早上，為的是等郵差來。她心裡想著：

「他也許會回心轉意。」

郵差並沒帶來那種貼著美國郵票的藍色信封。邢露失望地爬上樓梯，回到家裡。

走進睡房時，她發現志傑寫給她的那些信全都拆了開來丟在桌子上，母親站在桌邊，露出嚇人的樣子。

邢露撲上去抓起那些信，哭著叫道：

「妳為什麼偷看我的信！」

「妳好大的膽子！」母親抓住她一條手臂，把她拉扯過來，咆哮著：「妳有沒有跟他睡？」

「沒有！」她啜泣起來。

「到底有沒有？」母親瘋了似的，抓住她的頭髮，狠狠賞了她一記耳光。五個指痕清晰地印在臉上，邢露掙脫了母親，撲倒在床上嚎啕大哭。

「沒有！沒有！沒有！」那聲音訴說著的卻是悔恨。

可是，母親不相信她，把她從床上拉起來，一直拉到街上，攔下一輛計程車，使勁把掙扎著哭著的她推進去。

在那間蒼白的診所裡，一塊布蓋到邢露身上，她屈辱地躺在一張窄床上，弓起膝蓋，張開兩條腿，讓一個中年女醫生替她檢查。隨後她聽到那個人走出去跟母親說話。

從診所出來，母親牢牢地握著她的手，眼裡露出慈愛的神情。母女之間的恩怨化解了，彷彿她們是彼此在人世間唯一可以依靠的。母親抹了抹眼角湧出來的淚水，喃喃對女兒說：

「永遠不要相信男人！」

邢露哭了，但是，她流的卻是羞辱的淚水。

4

可是，母女之間不久之後又再起波瀾。中學會考的成績單發下來了，邢露只有英文一科合格。早在放榜之前，甚至是在她考試的那段日子，她已經想到會有什麼結果了。然而，就像天下間所有心存僥倖的人那樣，邢露也抱著虛妄的希望。

現實卻有如冷水般潑向她，她踉蹌著悔恨的腳步，這就是愛情的代價。為什麼要相信那個人呢？為什麼天真地以為那個甚至沒能力養活自己的男孩會帶給她幸福和夢想呢？

那天晚上，邢露坐在公園的長椅上，腦子裡空蕩蕩的，回家的路多麼遙遠啊！還有母親那張憤怒的臉孔在那兒等著她。

直到公園關門了，她踏著蹣跚顫抖的腳步回家，看到憔悴的父親坐在公寓的樓梯上。父親抬起頭，看見她時，鬆了一口氣。然而，隨後他看到她的成績單時，一句話也沒說，把那張成績單還給她。

「妳自己上去跟妳媽媽說吧。」

邢露畏怯地一步一步爬上樓梯，那段路卻像一千哩那麼漫長，實在是太漫長了。父親為什麼不陪她走這條路呢？那天，母親把她揪上計程車拉她去診所的時候，父親並沒有拯救她。這個晚上，他依然沒有伸出雙手去拯救她，那就是出賣。曾幾何時，父女倆是一對盟友啊！

邢露多麼希望自己會昏倒，甚至滾下樓梯死掉算了，也不情願面對母親那張臉。

然而，當母親終於看到她的成績時，並沒有罵她。母親把自己關在房間裡哭了。那比責備，甚至發瘋，都更讓她難受，彷彿她踩爛的不是她自己的人生，而是這個家庭的人生和未來，還有那個擺脫貧窮的希望。

父親在樓梯上等她回去的這個晚上，也是他失去工作的夜晚。他喝醉酒，跟老闆吵了一架，給開除了。

然而，他們卻已經欠了房東三個月的租金。

一家人後來搬到一家更舊更小的公寓，父親借酒澆愁，母親則像一尊高傲的雕像那樣，不跟邢露說話，也不看她一眼。

邢露想起已經逝世的祖父，她見過的只有老人的照片和那具留有餘溫的屍體，然而，她卻在已經漸漸模糊的記憶中想像那張臉是慈愛的。要是祖父還在世，她會懇求祖父接她去英國。她會從頭來過，她也許還能抓回那些有如小鳥般掉落在泥濘裡的無數夢想。

如今卻只好去找工作了。她其實有著母親的現實和好勝。她知道，在貧窮的家庭裡，誰賺到錢，誰就有地位。

由於長得漂亮，出身名校，英語也說得好，她很快就在一家服飾店找到一份見習售貨員的工作。每個月，她把大部分的薪水都交給母親，為的是要封住那張勢利的嘴巴。果然，母親又開始和她說話了。

5

她本來是可以去當個小文員，過著樸素寒酸日子的；是她虛榮的天性把她帶來這家開在麗晶飯店裡的高級服飾店。

姿色平庸的人根本不可能在這裡工作。眾所皆知，她們店裡的售貨員是這個行業中最漂亮和時髦，也最會穿衣服的。因此，能夠進來的女孩臉上都難免帶著幾分勢利眼和驕傲。

邢露是打敗了許多對手，才跨進這個嵌金鑲玉的浮華世界。

從前在學校念書的日子，她和李明真兩個人最喜歡下課後去逛那幾家日本百貨公司，摸摸那些漂亮的衣服，許多次，她們甚至大著膽子把衣服拿去試衣間試穿，滿足一下自己的虛榮心，從試衣間出來的時候，故意皺皺眉頭找個藉口說那件衣服不合適。然而，而今她每天隨便摸在手裡的衣服都是她幾個月，甚至幾年的薪水。

與其說這是一家服飾店，倒不如說這是一個揮金如土的樂園。客人們在這裡揮霍著金錢，買衣服的錢甚至可以買一幢房子。這些人也揮霍著生活，揮霍著短暫的青春，迫不及待把華麗的晚禮服和皮草大衣披在年輕的身體上，或是用同樣的衣服來挽回已逝的青春。

進來這片樂園的都是渾身散發著光芒的人物。邢露就接待過一位歐洲公主和一位女男爵，也接待過阿拉伯王子和他那群美麗的妃嬪，更別說最紅的電影明星和上流社會那些臉孔了。

然而，置身於浮華樂園的虛榮，很快就變成了更深的空虛，就像吸鴉片的人，一旦迷上了這種麻痺感官的逸樂，也愈來愈痛恨真實人生的一切。他們回不了頭，彷彿覺得那些從裊裊上升的煙圈中看到的幻影才是至高的幸福。

有時候，邢露也像店裡其他女孩一樣，過了營業時間，等主管一走，就關起門來隨意從一排排衣架上挑出那些自己喜歡的衣服逐一穿在身上，然後站在寬闊的鏡子前面嘆息著欣賞自己的模樣。起初的時候，邢露也嘗到這份喜悅，可是，到了後來，這些借來的時光和借來的奢華只是加深了她的沮喪。

她詛咒上帝的不公道。那些客人的樣貌並不比她出色，體態也不比她優雅。上帝是不是開了個玩笑，把她們的身分對調了？

於是，邢露咬著牙回到現實了。接下來的日子，一切都變了。她默默苦幹，參加公司為員工舉辦的那些培訓班時，她比任何一個同事更努力去學習穿衣的學問、找資料、做筆記。她本來就擁有天賦的美好品味，成績自然成了班上歷年最好的，導師都對她另眼相看。她也去上日語班。

現在，每天上班，即使是面對那些最傲慢無禮的客人，她還是會露出微笑，她侍候周到，無可挑剔，再也提不起勁偷偷試穿衣架上那些昂貴的衣服了。

私底下，她變得沉默寡言、憂鬱、平靜，彷彿已經接受了這種宿命的人生。然而，愈是這樣，她心裡反而充滿了欲望、憤怒和憎恨。她瘦了，蒼白了，旁人都能感受她身上那種冰冷的魅力。她的順從其實也是抵抗，她的沉默只是由於倦怠。日子的枯燥單調，讓她更嚮往她曾經幻想的愛情和死心過的幸福。

6

一天，邢露在店裡忙著整理衣架上的衣服，有個聲音在她身邊響起。

「對不起，我想找一件襯衫。」

邢露轉過頭來看著說話的人。他儀表堂堂，身上穿了一襲白色的襯衫和黑色的筆挺西裝，繫了一條紅色領帶，腳上一雙黑得發亮的皮鞋，眼睛在微笑，露出一口雪白的牙齒。那張快樂的臉顯得生動活潑，彷彿隨時都會做出許多可愛的表情來。

邢露發現他身上襯衫的胸口沾了一些還沒乾透的咖啡漬。

他望著邢露說：

「剛剛在飯店咖啡廳不小心弄髒了襯衫，待會要去喝喜酒，趕不及回家換過另一件了。」

「好的，先生，請你等一下。我拿一些襯衫給你看看。請問怎麼稱呼你呢？」

他回答說：

「我姓楊。」

邢露問了他的尺碼，隨後從衣架上挑出一些襯衫，逐一在他面前鋪開來，那兒一共有二十件。

「楊先生，你看看喜歡哪一件？」她問。

他溜了一眼面前的襯衫，皺皺眉頭說：

「看起來全都很好！」

邢露歪著頭，那雙亮晶晶的大眼睛看向他說：

「嗯……對呀！都很適合你。」

他瞄了邢露一眼，聳聳肩：

「我全都買下來吧！」

邢露神情平靜，什麼也看不出來。「謝謝你，楊先生，今天晚上，你打算穿哪一件呢？」

他回答：

「妳替我挑一件吧。」

邢露看了看他今天的打扮和他身上的領帶，拿起一件有直條暗紋的白色襯衫給他，微笑問他：

「楊先生，這一件你覺得怎麼樣？」

「很好。」他說。

隨後邢露帶他進去試衣間。他換上那件新的襯衫出來時，鬆開的領帶掛在脖子上，那模樣好看極了。

「要我幫忙嗎？」邢露問。

「喔……謝謝。」

他雙手插在褲子的口袋裡。邢露湊近過去，動手替他把領帶重新繫好。她的眼睛在彎翹的睫毛下邊注視著前方，專注的眼睛張得大大的，一張臉的輪廓在頭頂的罩燈中顯得更分明，抿著的兩片嘴唇露出櫻桃似的光澤。

她嗅到了他身上淡淡的古龍水香味，隱隱地感到他的鼻息吹拂著她頭頂的秀髮。她的頭頂差一點就碰到他低垂的下巴，他無意中看到了她制服領口露出來的雪白頸子上留著一抹白色的粉末，看起來像爽身粉，散發著一股引人遐思的幽香。

兩個人好一會兒都沒說話。隨後邢露鬆開了手，稍微挪開些許距離，說：

「行了。」

他摸了摸身上那條繫得很漂亮的領帶，說起了他其實不想去喝喜酒，他討厭應酬。

邢露問：「是朋友結婚嗎？」

「不，是在史丹福留學時的舊同學。」

邢露說：

「喔……是美國……」

「妳去過美國嗎？」

邢露回答說：

「我沒去過，不過，我認識一個舊朋友，在那邊念書。」

對方問道：「有聯絡嗎？」

邢露想起了程志傑，她那雙憂鬱的大眼睛眨了眨，喃喃說：

「已經沒有再聯絡了。」

邢露把襯衫上的標價牌一個一個摘下來，接過了客人的信用卡看了看，他的名字叫楊振民。她讓他在帳單上簽名。

對方再一次說：

「待會得要找機會逃出來。」

邢露問：

「喜宴是設在這家酒店嗎？」

對方點點頭，笑了笑：

「聽說差不多把香港一半的人口都請來了。」

邢露鋪開一張薄薄的白紙把襯衫裹起來，笑著說：

「結婚總是值得恭喜的。」

她仰起臉時，發現對方凝視著她，她臉紅了。

隨後她把裹好的衣服放到一個紙袋裡，送客人出去。兩個人在門口分手。她看到他一個人朝通往二樓大宴會廳的方向走去，那個穿著講究的背影漸漸離她遠了。

7

第二天，楊振民又來了。

看到邢露的時候，他露出一口潔白的牙齒笑笑說：

「昨天聽妳的話，一直坐到散席，吃得肚子脹脹的，得買過一些新的褲子了。」

邢露問：

「你喜歡什麼款式的？」

他回答說：

「妳替我挑一些吧！妳的眼光很好。」

像昨天一樣，邢露挑的，他全都買下來。

三天兩頭，楊振民就跑來店裡買衣服。他喜歡的衣服既隨興但也講究，那種不協調卻使他顯得與眾不同。他常常和邢露討論穿衣的學問，他也喜歡古典音樂、喜歡歌劇、喜歡藝術。

有一天，楊振民談起他去過很多地方，告訴她史丹福的生活，他們家裡在巴黎、東京、巴塞隆拿和倫敦都有房子。

邢露強調說：「我去過倫敦。我爺爺大半輩子都住在倫敦，不過，他許多年前已經死了。」

楊振民凝視著她，問：

「倫敦是不是妳最喜歡的城市？」

邢露嘴裡雖然說：

「沒有比較，不會知道的呀！」

然而，對她來說，倫敦已經昇華成為一個象徵，象徵她也曾擁有儼如貴族般的家世，就像歐洲那些沒落王孫，眼下的生活，只是命運的偶然。

隨後楊振民說：

「我可能有一段時間都不再來了。」

邢露的臉色唰地轉為蒼白，問他：

「噢，為什麼呢？」

楊振民雙手插在褲子的口袋裡，凝視著她那雙烏黑的大眼睛說：

「我這陣子買的衣服，夠穿十年了！」

邢露看了看他，抿著嘴唇說：

「對呀！一個人根本穿不了那麼多的衣服！」

楊振民點點頭：「雖然買了那麼多的衣服，我來來去去還是穿舊的那幾件。」

邢露想找些事來做，分散自己的注意力，於是，她在貨架上抓起幾件好端端的衣服，又再折疊一遍。

「新買的那些為什麼不穿出來呢？」她一邊折衣服一邊問。

楊振民說：

「我這個人，喜歡的東西就會一直喜歡。」

邢露瞥了他一眼，只說了一句：

「哦……有些客人也是這樣。」

「而且——」楊振民說。「我下星期要去義大利。」

邢露問：

「是跟朋友去玩嗎？」

楊振民雀躍地說：

「不，我是去參加賽車。」

邢露吃驚地問：

「你是賽車手麼？」

楊振民笑笑說：

「跟幾個朋友業餘玩玩罷了。」

邢露睜大眼睛說：

「賽車很危險的呀！」

楊振民臉上露出很有信心的樣子：

「看的覺得很危險，其實不是的，只要試過一定會愛上它。」

然後，楊振民看了看手錶，仰起臉來望著邢露說：

「妳快下班了？」

邢露回答說：

「是的，快下班了。」

楊振民又問：

「下班後有空一起吃頓飯嗎？」

那是一個愉快的夜晚，邢露坐上楊振民那輛屁股貼地的鮮紅色跑車。他的車在曲折多彎的郊區公路上奔馳起來。邢露不時用雙手掩著眼睛不敢向前看。楊振民好幾次拉開她的手，說：

「不用怕！」

車子像風一樣奔向山頂，他們在山上一家餐廳吃飯。兩個星期以來一直下雨，這天剛好放晴，夜空一片清亮，星星在那兒閃爍著。

楊振民叫道：

「我們運氣真好！」

邢露說：

「就是啊！已經很多天沒看到星星了。」

楊振民凝視著她的雙眼，說：

「不過，妳的眼睛比星星還要亮。」

邢露笑笑：

「是嗎？」

楊振民再度凝視她，說：

「一雙眼睛這麼大，是個負擔吧？」

邢露皺了皺鼻子說：

「負擔？」

楊振民咧嘴笑了笑：

「這雙眼睛，還有這麼長的睫毛，少說也有兩百克重吧？怎麼不會是一種負擔？不過，倒是個美麗的負擔。」

邢露笑了：

「你在史丹福念數學的嗎？怎麼會一算就算出兩百克來？」

楊振民回答說：

「我是念工商管理的。」

他說起他從美國畢業回來後就管理家族的生意，他家是做紡織業的。他本來想自己出去闖，但是，父親需要他。吃完飯後，他們在山頂散步。他愛慕的眼光望著她，問她：

「明天還可以見到妳嗎？」

邢露揉了揉甜蜜的眼睛，朝他微笑。

接下來的那個星期，他們每天都見面，在不同的餐廳吃燭光晚餐，餐廳裡的樂隊在他們桌邊高歌。有幾個晚上，他們還去跳舞，有時也跑到海灘，赤著腳散步。有一天晚上，楊振民把那輛跑車開到海灘上，兩個人在月光下談心。

隨後的兩個星期，邢露卻飽受思念的甜蜜和煎熬。楊振民去了義大利參加賽車。邢露一時擔心他會出意外，一時又害怕他離開那麼久，又去了那麼遠的地方，也許會發覺自己並不思念她；畢竟，他們之間什麼事都沒發生啊！

那天，楊振民終於回來了。邢露下班後，離開酒店，看到他那輛紅色的跑車在斜陽的餘暉中閃閃發光。他從駕駛座走下來，走向她，像個小男生似的，湊到她耳邊，有如耳語般說：

「我很想妳！」

邢露陶醉了，想起曾經溜走的愛情，而今又回到她的腳踝邊，日常生活掉落在非常遙遠的他方，漫長的夢想實現了。楊振民教會她如何享受生活，他懂得一切優雅的品味和好玩的玩意，他努力取悅她，像個痴情小男生那樣迷戀她，一見面就對她細訴衷情，剛分手就跑回來說捨不得她。

現在邢露快樂了，她心裡開始想：

「他早晚是會向我提出那個要求的，我該給他嗎？」

這一天，楊振民帶著邢露來到他們家位在郊區的一幢別墅。車子開上山徑，經過一個樹林，一座粉白的平頂房子在眼前出現，幾個穿制服的僕人露出一張笑臉，站在通往大門的台階上歡迎他們。楊振民把車停下，下了車，抓住邢露的手，沒有首先進屋裡去。

他對她說：「我帶妳去看一樣東西！」

他們穿過別墅的迴廊來到屋後面的花園，一片綠油油的草地映入眼簾，花園的邊緣是兩排茂密的老樹，長長的枝椏在風中搖曳。

他們穿過草地，邢露那雙漂亮的紅色矮跟尖頭鞋子踩在露水沾濕的草地上。

邢露問：

「你要帶我看什麼呢？」

楊振民沒有回答，走了幾十步，他們來到一片空地上，突然之間，邢露面前出現一頭大黑熊。那頭大黑熊困在一個巨大的鐵籠裡。

邢露驚得叫了出來，緊緊抓住楊振民的手，躲到他背後去。

「這是我爸爸的寵物，很多年前一個朋友送給他的。」

那個籠子用一條沉甸甸的鎖鍊拴住。他們挪到籠子前面。楊振民轉過臉去跟邢露說：

「妳看！牠不會吃人的！」

邢露探頭出來。那頭大黑熊懶懶地在籠子裡踱著步。牠看來已經很老了，鼻子濕濕的，眼睛很小，身上的黑毛髒兮兮的，胸部有一塊藍白色的斑紋，好像根本沒發現有人在看牠。

除了在書上，邢露還沒見過熊呢！而且是一頭養在私人別墅裡的大黑熊。她大著膽子從楊振民背後走出來，問他說：

「牠是公的還是母的？」

楊振民回答說：

「公的。」

那頭大黑熊踱到籠子前面，傻兮兮地打了個呵欠。

邢露又問：

「牠幾歲了？」

突然之間，大黑熊整個挺立起來，粗壯的後肢撐著地，兩隻前肢抓住籠子的鐵欄柵。邢露嚇得掩面尖叫。楊振民連忙把她摟在懷裡，安慰她說：

「別怕！我在這裡！」

兩個人離開花園，回到別墅裡，吃了一頓悠閒的午飯，伴隨著一瓶冰凍的香檳。楊振民帶她四處參觀，來到一個房間，房間的中央擺著一張豪華大床，鋪上了絲綢牀罩。斜陽的餘暉透過窗戶的紗簾斑斑駁駁地照進來。邢露和楊振民坐在床緣喃喃地說著話。

楊振民問她：

「妳想喝點什麼嗎？」

邢露回答說：

「我不渴。」

他突然把她摟在懷裡，她身上的黑色羊毛裙子跟他的藍色襯衫上的鈕釦糾纏在一起，她羞澀地閉上眼睛，一條腿懸在床邊，碰不到地，那隻紅色的尖頭鞋子掛在赤腳的腳趾上，在那兒顫抖著。

8

邢露在自己的欲望中奔流，那是個無限幸福與熱情的世界。從前，母親總是一再提醒她，男人只要把一個女人弄上床，便不會再愛她。她相信了母親。為了她和程志傑的愛情而守住那脆弱的貞操，結果卻拴不住他。

母親錯了，這種事情只會讓兩個人變得更親近。邢露覺得自己彷彿從來沒有這麼愛過一個人，沒這麼愛過一雙眼睛和那喃喃傾訴心情的嘴唇。

她太愛他了，有一次，她要他說出一共跟幾個女孩子睡過，楊振民告訴了她，邢露卻妒忌起那些她從沒見過面的女人，開始想像她的「情敵」長什麼樣子。

邢露咬著嘴唇問：

「你愛她們嗎？」

楊振民窘困地搖搖頭。

邢露責備他說：

「男人竟然可以跟自己不愛的女人睡的嗎？」

儘管楊振民百般辯解，邢露仍然恨恨地望著他。直到他凝視著她，發誓說：

「我從來沒像愛妳這麼愛過一個女人！」

聽到他這麼說，邢露溫柔地摩挲著他的臉，賞給他一個吻。

這個遊戲永遠不會完。下一次，她驕傲地抬起下巴，問他：

「你以前那些女朋友……她們長得漂亮麼？」

她喜歡看到楊振民苦惱著解釋的樣子，喜歡聽他說出讚美的說話，這一切都讓她相信，如今是她擁有他。

他們常常去跳舞，在燭光下縱聲大笑，在別墅那張大床上慵懶地喝著冰凍的玫瑰香檳。邢露帶著畫紙和畫筆到那兒寫生。她替那頭大黑熊畫了一張素描，也替別墅的老園丁畫了一張，那個人有一張佈滿孤獨皺紋的臉，總是笑得很苦。她夢想著要當一個畫家，擺脫那個她從早到晚要看人臉色的浮華樂園。

她現在嚮往的不也是一種浮華嗎？她卻把這種浮華當成是精神的愉悅，把用錢買到的浪漫當成是愛情的甜蜜。她追逐那種生活，卻只看到那種生活的幻影。她常常想像有一天，她頭戴花冠，披著長長的面紗，穿著比銀狐還要雪白的婚紗，拖著父親的手，高傲地踏上紅地毯，楊振民就站在地毯的那一端等她。

婚後，他們會住在比這一幢別墅更漂亮的大宅。他們過著熱鬧繁華的生活，也許還會參加化妝舞會，在朦朧的月光下久久地跳著舞。

愛情不是需要這樣的夜色的嗎？

9

可是，一天夜晚，邢露下班經過飯店大堂的時候，看到那兒衣香鬢影，男的穿上黑色禮服，女的穿上名貴晚裝，魚貫地踏上那條通往二樓大宴會廳的白色大理石樓梯。寬闊的樓梯兩旁，盛開的白玫瑰沿著嵌金邊的扶手一直綿延開去，消失在看不見的盡頭。

她從前經過這裡都不看一眼，今天卻不知不覺停下了好奇的腳步，嚮往地想像自己將來的婚禮。她溜了一眼擺在樓梯腳旁邊的那塊金屬腳架，上面一塊金屬牌寫著一雙新人的名字。她發現新郎的姓氏和英文名字跟楊振民一樣。

邢露心頭一顫，想著說：

「這個英文名字很普通呀！」

何況，楊振民正在美國出差呢！他前兩天臨上機的時候還跟她通過電話。她問他什麼時候回來，他說這一次要去三個星期，掛線之前還在電話裡吻她。

大宴會廳裡那個同名同姓的新郎，又怎麼會是他呢？

然而，邢露還是不由自主地爬上那條白色大理石樓梯。她靠到一邊，扶著扶手往上走，那兒迴響著醉人的音樂和喧鬧的人聲，穿著華麗的賓客在她身邊經過，她顯得那麼寒傖，甚至瘦小，沒有人注意她。

她一直往上走，覺得自己一顆心怦怦亂跳起來，彷彿沒法呼吸似的。她突然想起中學會考放榜那天，她孤零零地爬上樓梯回去見母親。她已經不記得那段路是怎麼走完的了。

這會兒，邢露已經站在樓梯頂。一個捧著雞尾酒的侍者在她面前經過。大宴會廳外面擠滿等待進去的賓客，大家三三兩兩地擠在一起聊天。她從那些人身邊走過，突然發現幾個穿黑色禮服的年輕男子，每人手裡拿著一杯香檳，圍著一個穿白色禮服和黑色長褲的男人高聲大笑。

邢露看不見那個男人的臉，她走近些看，其中一個年輕男子看到了她，朝她看過來，這時，他身邊的其他男子挪開了些距離看向她。邢露終於看到那個穿白色禮服的男人了，他衣服的領口上別著新郎的襟花，看起來容光煥發，正在放聲談笑。

邢露那雙有如燃燒般的大眼睛凝視著這位新郎，他不就是那個兩天前還說愛她，幾天前還和她睡的男人麼？

而今他卻站在那兒，想裝著不認識她。他身邊那幾個年輕男人都用奇怪的眼光看著這個不速之客。

邢露轉過身去，背著那些目光，蹣跚地走下樓梯，走到最底下的兩級時，她飛奔了出去。

酒店外面停滿了車，邢露從一輛駛來的車子前面沒命地衝了過去，司機狠狠地按喇叭。她頭昏了，顫抖著腳步繼續往前跑。這時候，一隻手使勁地從後面抓住她的胳膊。她扭過頭來，想甩開楊振民那隻手，他抓住她，把她拉到地下停車場去。

她掙扎著向他咆哮：

「你打算什麼時候才告訴我？」

楊振民緊緊抓住她兩條胳膊，臉上露出好像很痛苦的表情，說：

「我不知道怎麼告訴妳，我怕妳會離開我。」

邢露大聲抽泣起來，說：

「我們一起六個月了，你是說……六個月來，你都沒機會開口跟我說？」

楊振民沉默不語。

邢露吼道：

「你認識我的那天，你已經知道自己要結婚了！你為什麼還要騙我！」

楊振民那雙手始終沒離開她，生怕只要一放開手，邢露便會做出什麼不顧後果的事情似的。他解釋說：

「那時候……我並沒想過我們會開始……」

邢露因憤怒而尖聲脫口叫道：

「但是你也沒想過不去結婚！」

楊振民依然抓住她的胳膊無奈地說：

「這樁婚事是家裡安排的！」

邢露看了他一眼，恨恨地說：

「是嗎？你是被逼的！你很可憐！對方一定是一位漂亮的大家閨秀吧？我真是同情你……你沒法不娶她！」

她的眼光落在他那身考究的禮服上。

「但是如果一個人是被逼去當新郎的，決不會像你剛剛看來那麼高興，那麼容光煥發，談笑風生……我忘了恭喜你呢！楊公子！恭喜你和你的新娘子白頭到老，永結同心！」

邢露想要從他手上掙脫開來，楊振民把她摟得更緊，他紅著眼睛說：

「妳別這樣，妳不會知道，也不會明白……我是多麼地愛妳呀！」

邢露仰起臉，那雙模糊的淚眼靜靜地凝視著他。她啜泣起來，問他說：

「你沒騙我？」

她看來有如受傷的小鳥在雨中抖動著。那雙悲哀的大眼睛漾著顫抖的淚水。他心動了，低下頭去吻那雙淚眼。邢露摟著他的脖子，踮高腳尖，她的吻落在他的嘴唇上。

突然之間，楊振民慘叫一聲，把她推開來。她踉蹌著腳步往後退，發出淒厲的笑聲，用手背揩抹嘴角上的鮮血。

她在他唇上狠狠咬出了一個血洞，鮮血從那個血洞涔涔流出來，楊振民用一條白色的手帕按住傷口，憤怒地望著她。

她頭髮披散，慢慢站穩了，嘴唇哆嗦著說：

「現在去吻你的新娘子吧！」

他朝她大吼：

「妳瘋了！妳這個瘋婆子！」

她舐了舐嘴邊的血，那雙受傷的大眼睛絕望地看著他，說：

「假如是我的話，我不會說這種話……說我被逼娶一個我不想娶的女人……說我有多愛你……你把我當作什麼了？你的情婦？你的玩物？然後嘲笑我的愚蠢和天真？整整六個月，你讓我相信你，你說你愛我……如果沒有認識你，我本來是可以幸福的！」

楊振民的嘴唇扭曲著，他低著頭用雙手去按住那個傷口，不讓血弄污他身上白色的禮服，克制住怒氣和想撲過去揍她一頓的衝動，說：

「是妳自願的！」

邢露跌跌撞撞地往後退，衝到外面去。她跑過馬路和人行道，喘著氣，覺得這一切彷彿都只是個幻影，她擁抱過的東西全都粉碎了，像粉末般從身邊飛散。她想起程志傑曾經每天坐在學校外面的欄柵上等她放學的情景。她也想起籠子裡那頭大黑熊孤寂的身影、和楊振民跳過的舞、在郊區別墅那張床上喝過的玫瑰香檳、在白色絲綢床單上留下的斑斑血跡。她整個人給往事掏空了。

然而，隔天她還是回去上班，往蒼白的臉頰上擦上蜜桃色的腮紅，那張咬過另一張嘴巴的嘴巴緊緊閉著，忘記了血的腥味。

一個月後，拿了年終獎金，邢露離開了那兒，轉到中環置地廣場另一家服飾店上班。那是另一個浮華樂園。在那裡工作一年後，她重遇中學時最要好的同學李明真。她突然發現，只有年少時的友情還是純真的。她離開了家，跟明真合租了一間小公寓。她沒有對明真提起過去的事，為了賺錢，她默默苦幹，彷彿身邊的一切都與她無關了。她的靈魂早已經隨著那些她擁抱過又破碎了的無數夢想從身邊飛散開去。

10

邢露從枕頭上轉過臉去看徐承勳，他睡得很酣。他們頭頂上方那盞黃澄澄的罩燈，照著他那張俊秀的臉，他看來就像個孩子似的，毫無防備，任何人也可以在這時候傷害他。

睡著時，徐承勳的一隻手仍然牢牢地握住她的手，彷彿是要這樣一直握到永遠似的。邢露突然想起，從來沒有一個男人這麼溫柔地用手裹住她的愛情。她想湊過去吻他，差一點要吻下去的時候，她卻被自己這種感情嚇壞了。她把臉縮回來，小心翼翼地把手從他那隻手裡鬆開來。

她輕輕地掀開被子走下床，抓起床邊一件羊毛衫套在身上，裸著雙腳走到廚房去喝水。她渴了，倒了一大杯水，仰起頭喝下去，水從她嘴邊流出來，沿著下巴一直淌到白皙的頸子上。她心裡說：

「我才沒有愛上他……那是錯的。」

然而，跟徐承勳一起，她的確度過了許多個愉快的夜晚。就像今天晚上，她跟他幾個朋友一起吃飯：兩個跟他一樣的窮畫家、一個潦倒的作家和一個等待成名的導演。這些人對她都很友善。他們聊天、說笑，暢談理想和人生。徐承勳毫無疑問是他們中間最出色的，卻那樣謙虛留心地聽著其他人滔滔不絕地發表意見。他有一股難以言喻的迷人魅力，每個人都喜歡他。

「他們根本不認識他！不知道他本來是什麼人！」邢露看了一眼這個寒酸的廚房，唯一的一口窗子也被一塊白色的木板封死了，就像她的內心早就封死了，是不該再有任何感覺的。

她把空的杯子放到洗手槽裡，那兒擱著一個調色盤和一隻鏟子，調色盤裡還有未用完的油彩。

她望了一眼那塊用來封著窗子的白色木板，覺得它太可憐了。於是，她拿起鏟子和調色盤，在木板上畫上兩扇半開的窗戶，窗戶左邊是櫛比鱗次的房屋，摻雜其中的路燈，大片鋪陳開來的柏油路，畫的上方是漸層變化的藍色夜空，右邊窗戶上掛著一個蒼白的月亮。

這片風景就像是從這口窗子看出去似的，她看到了一個遼闊的天地。

這時，邢露感到背後好像有人在看她。她轉過頭去，看到徐承勳站在身後，只離她幾步遠，剛睡醒的頭髮亂蓬蓬的。

「你醒啦！」她說。

徐承勳臉上露出驚訝的神情說：

「妳沒說過妳會畫畫。」

「我亂畫的。」邢露說：「這個窗口為什麼要封起來呢？」

「我搬進來的時候已經封死了，房東說是因為剛好對著旁邊那間飯館的煙囪。」

徐承勳走近些，看著邢露在窗口上畫的那片風景，驚嘆著說：

「妳畫得很好！」

邢露把鏟子和調色盤放到洗手槽裡，說：

「你別取笑我了。」

「妳有沒有學過畫畫？」

「我？小時候學過幾堂素描。」邢露淡淡地說。

「妳很有天分！」

邢露笑笑說：「這我知道，但是，當然不能跟你比。」

徐承勳說：

「妳該試試畫畫的。」

邢露毫不動心地說：

「不是每個人都可以做自己喜歡的事的呀！」

徐承勳把她拉過來，摟著她的腰，望著她那雙深邃的大眼睛，苦惱地說：

「有時我覺得我不了解妳。」

邢露用指尖輕輕地摩挲著他的鼻尖，說：

「因為……我是從很遠的外星來的嘛！」

徐承勳吻著她的手指說：

「原來……妳是外星人？」

邢露一本正經地點點頭說：「這個秘密只有你一個人知道。」

「那麼，原本的妳是什麼樣子的？」

徐承勳這個突如其來的問題嚇了她一跳。她鎮靜過來，縮回那根手指，放到那一頭披垂的長髮裡，嚴肅地說：

「頭髮是沒有的……」

隨後邢露的手指移到眼角：

「眼睛是兩個大窟窿，看不見瞳孔……」

那根手指一直往下移：

「鼻子是塌下去的，口裡沒有牙齒，皮膚長滿疙瘩。」

最後，邢露把一根手指放在徐承勳眼睛的前方，說：

「就只有一根手指。」

徐承勳抓住邢露那根手指，笑著說：

「我很害怕！」

「好吧！」邢露做了個瀟灑的手勢。「我答應你，我永遠不會讓你看到我本來的樣子。」她心裡想著：「是啊！你不會看到。」

徐承勳突然問道：「那妳為什麼會找上我？」

邢露那雙美麗的大眼睛定定地看著他，柔媚地說：

「因為你是地球上最可愛的……一件東西！」

徐承勳望著她身上那件蓬蓬鬆鬆的深灰色開胸連帽兜的羊毛衫，說：

「但妳也用不著穿了我的羊毛衫吧？」

邢露拍拍額頭說：

「噢……怪不得我剛剛一直覺得有點鬆。」

「這可是我女朋友親手織的，從來沒有女人織過羊毛衫給我！對不起！我不能把它送給妳。」

這是邢露花了一個夜晚不眠不休織給徐承勳的。那天收到這份禮物時，徐承勳高興得像個孩子似的，馬上套在身上。邢露覺得袖子好像短了些，但是徐承勳硬是說不短。怎樣也不肯脫下來，還開玩笑說，萬一脫了下來，怕她會收回去。

那件羊毛衫穿在徐承勳身上很好看，是她花了一個夜晚不眠不休織給他的。那只是用來俘擄他的一點小伎倆，她沒想到他會感動成那個樣子。

邢露雙手抓住身上羊毛衫的衣角往上拉，露出了肚子，作勢要脫下來，說：

「你要我現在就還給你嗎？」

徐承勳把邢露拉過來，將她身上羊毛衫的帽兜翻到前面去蓋在她頭上。由於那頂帽兜是根據他的尺碼織的，對她來說大了一點，帽簷遮住了邢露的一雙眼。

她背靠在他懷裡笑著問：

「你要幹嘛？」

「我有一樣東西給妳，妳先不要看。」徐承勳雙手隔著帽簷蒙住她雙眼。確定她什麼也看不見之後，他把她帶出去。

徐承勳的胸膛抵住邢露的背，把她一步一步往前挪。邢露想偷看，徐承勳的一雙手卻把她的眼睛蓋得緊緊的，她只看到眼前漆黑一片，不知道他要帶她去什麼地方。

她抓住徐承勳兩個手腕，笑著問：

「是什麼嘛？」

徐承勳沒有回答，只是繼續把她往前移。周圍一片寂靜，邢露突然感到害怕，想起他剛剛說的那句話，他問她「妳為什麼會找上我？」難道他什麼都知道了？他要把她怎樣？

她一顆心怦怦劇跳起來，試著想要掙脫他那雙手，他卻把她抓得死死的，彷彿要把她推進去一個可怕的深淵裡活埋。她慌了，使勁扯開徐承勳蒙住她眼睛的那雙手，指甲狠狠地掐進去他的皮膚裡，尖聲喊了出來：

「放開我！」

徐承勳叫了一聲，放開了手。

邢露從他手上拚命掙脫出來，頭髮淩亂，毛衫的帽兜甩到腦後，在髮梢那兒微微顫抖，鼻翼因害怕而向兩邊張開，那雙大眼睛睜得更大，可是，她發現徐承勳吃驚地凝視著她。

徐承勳被她嚇到了。他從沒見過邢露這個樣子，她看來就像一隻受驚的野貓，全身的毛髮倒豎，張大嘴巴露出兩顆尖牙朝他咆哮，想要撲到他身上用利爪抓傷他，嚙咬他。

徐承勳搓揉著被邢露弄痛的兩個手腕，望向邢露背後說：

「我只是想讓妳看看這個。」

邢露猛然轉過頭去，看看是什麼。

看到眼前的景象時，她怔住了。

原來徐承勳要她看的是畫架上的一張畫。畫裡的人物是她。她身上穿著咖啡店的制服白襯衫，繫上黑色領帶，淺栗色的頭髮紮起來，站在吧台裡，兩個手肘支在吧台上。那兒的一個大水瓶裡插著一大束紅玫瑰。她彷彿冷眼旁觀地看著外面的浮華街景，眼神中透出一股漠然和深刻的憂傷。

邢露直直地望著畫，好一會兒都沒說話。

這幅畫多麼美啊！

邢露作夢也沒想到徐承勳彷彿看到了她的內心。她一直以為自己在他面前隱藏得很好。她總是顯示出很快活和一副了無牽掛的樣子，經常擠出一張笑臉去掩飾內心的秘密。徐承勳卻看出了她的孤單和憂傷。她那雙美麗的大眼睛閃著淚光，不知道是因為害怕，還是因為感動。

徐承勳不解的目光看著她，問她說：「妳剛剛怎麼了？」

邢露朝他轉過臉來，咬著嘴唇說：「我很怕黑的。」

徐承勳笑開了：

「妳為什麼不告訴我？」

邢露抿抿嘴唇，說：

「你會取笑我膽小的呢！」

徐承勳走過來，摟住她，用手背揩抹著她額上的汗水說：

「不，我會保護妳。」

邢露仰臉望著他問：

「這張畫你什麼時候畫的？」

徐承勳用狡黠的眼神凝視著她說：

「秘密。」

邢露噘噘嘴問：

「畫了多久？為什麼我沒看見你畫呢？」

徐承勳還是狡黠地說：

「一切秘密進行。」

邢露望著那張畫，想起徐承勳這一陣子都有點神神秘秘，好像想在她面前藏起些什麼。有一天，她事先沒告訴他就跑上來，用他給她的鑰匙開門。她一打開門，就發現他好像剛剛鬼鬼祟祟地藏起些什麼東西似的。她一直很狐疑，原來，他要藏起來的，是未畫完的畫，想給她一個驚喜。她錯怪了他。

她抬起徐承勳的手，那雙手的手腕上還留著清晰的指痕。她內疚地問：

「還痛嗎？」

徐承勳搖搖頭，回答說：

「不痛了！」

徐承勳問她：

「妳喜歡這張畫嗎？」

邢露喃喃說：

「你畫得太好了！」

邢露凝視著那張畫，畫中那個看起來淡漠而無奈的女人是她麼？她覺得好像不認識自己。她改變太多了。她想起她曾經對人生滿懷憧憬，她是那麼相信自己可抓住幸福和快樂。她羨慕花團錦簇的日子，羨慕繁華熱鬧的生活，這一切卻在遠方嘲笑她。

她仰起臉，望著徐承勳，有一刻，她心想著：

「他是愛我的。」

第三章　幻滅

她那雙悲傷的大眼睛
望著面前這個男人，
他是那麼想讓她快樂，
但她是不值得的！

1

十一月的一個星期天，陽光明媚的午後，邢露和徐承勳坐船來到梅窩。徐承勳一個做陶藝的朋友在島上的祖屋舉辦作品展。

那幢祖屋位在長沙的山腰下，經過一片農田和一條溪澗，抄小路就到。房子只有一層高，看來已經很老了，大門的兩旁，掛著一副舊的新春對聯和一對紅燈籠，門檻是木造的。

徐承勳牽著邢露的手走進屋裡去，他們穿過一個寬闊的中庭時，幾隻懶洋洋的老黃狗趴在那兒睡午覺，看到陌生人，頭也不抬一下。

許多朋友已經到了，三三兩兩地擠在一起高談闊論，其中有一些是邢露見過的。徐承勳把邢露介紹給女主人，她皮膚黝黑，身材很高，身上穿一襲白色的寬鬆裙子，赤著一雙腳，眼睛周圍長滿雀斑，厚厚的嘴唇笑起來往上翹，一把長髮挽成一個髻，耳背上隨意地插著一朵蘭花。這是一張奇怪的臉，五官都不漂亮，湊合起來卻充滿野性的吸引力。

女主人跟邢露握手，那個性感的嘴巴笑著說：

「我從沒見過徐承勳帶女朋友出來，還以為他是不喜歡女人的呢！原來他要求這麼高！」
邢露客氣地笑笑。
這位女主人瞥了徐承勳一眼，對邢露說：
「他是個好男人，要是妳哪天不要他，通知我一聲！他可是很搶手的呀！」
邢露心裡想著：
「這個女人說話很無禮呢！」
不過，邢露還是露出一張笑臉。
然後，他們走入人群裡，跟朋友打招呼，欣賞女主人的作品，也去看看屋後那個用來燒陶的巨大的土窯。
到了接近黃昏的時候，大家都有一點懶洋洋了，坐到一邊吃著糕點喝著下午茶，有一搭沒一搭地聊天。
徐承勳在邢露耳邊說：
「我們出去走走！」

於是，他們悄悄溜了出去。
他們沿著一條小路漫無目的地往山上走。
邢露看了看徐承勳說：
「主人家好像很喜歡你呢！」
徐承勳笑開了，說：
「怎麼可能？」
邢露說：
「人家都說得那麼明白了，只有你不知道！」
徐承勳說：
「她鬧著玩的。她這個人，性格像男孩子！」
邢露酸溜溜地說：
「是嗎？」
突然之間，她不說話了，默默地走著。她為什麼要妒忌呢？妒忌是危險的，就像一段樂章的留白，留白之後，必然是更激揚的感情。
徐承勳握住她的手，緊張地問：

「妳怎麼了？我跟她真的什麼也沒有！」

邢露淡然地笑了，說：

「你看你，用得著這麼認真嗎？跟你玩玩罷了！」

不知不覺間，他們爬到山頂了，一幢漂亮的白色英式平房出現在面前。只有一層高的房子，屋頂伸出了一個煙囪，是山上唯一的一座建築物，房子用白色的木柵欄圍了起來，柵欄裡種滿了花。一條傻頭傻腦的黑色鬈毛小狗不知道從哪裡跑出來，朝邢露猛搖著尾巴，邢露瞇著眼睛笑了。

她停住腳說：

「奇怪！這裡怎麼會有一幢房子的呢？」

徐承勳在她身邊說：

「妳看！」

邢露轉過身去，在這裡，可以俯瞰山下一片野樹林，遼闊的天際掛著一輪落日，邢露看到了大海和大海那邊默然無語的浪花。

她以前嚮往的是月光下的大宅，鋪上大理石的迴廊和華麗的水晶吊燈下的繁華繽紛，從來就沒羨慕過田園的幽靜和樹林裡的蟲鳴。然而，這幢白色平房和眼前的景色，讓她驚嘆。

那頭小黑狗朝邢露汪汪地叫。邢露低下頭去看牠，牠撒嬌似的趴在她腳背上，水汪汪的黑眼睛抬起來看她。她把牠抱了起來。

有一個聲音在他們身後響起：

「牠最喜歡纏住美麗的女孩子！」

邢露和徐承勳同時轉過臉去，發現一個慈祥的老人站在柵欄裡，手上拎著一個澆花用的大水桶，看來是這裡的園丁。

徐承勳首先開口問：

「老伯伯，這裡有人住的麼？」

老人回答說：

「主人一家只有夏天來避暑。這裡的山風很涼快！」

老人接著又說：

「你們要不要進來參觀一下？」

邢露和徐承勳對望一笑，幾乎同時說：

「好啊！」

老人領他們經過屋前的花園進屋裡去。屋裡的陳設很樸素，挑高的天花板垂掛著幾把白色的吊扇，地板是木造的，家具全都是籐織的，牆上有一個古老的壁爐。穿過客廳的一排落地玻璃門，來到迴廊上，那兒吊著一個籐鞦韆。他們腳下就是那片山和海。

邢露雀躍地坐到籐鞦韆裡，盪著鞦韆嘆息著說：

「這裡好美啊！」

看到邢露那麼快樂，徐承勳說：

「等我將來成了名，我要把這幢平房買下來送給妳！我們一塊住在這裡！在這裡畫畫。」

邢露抬起臉來，看著徐承勳說：

「你有沒有聽過一個窮畫家和一幢房子的故事？」

徐承勳皺了皺眉，表示他沒聽過。

邢露摩挲著俯伏在她懷中的小黑狗，腳尖踩在地上說：

「很久很久以前，有一個窮畫家。一天，這個窮畫家和他的妻子來到一個幽靜的小島，發現了一幢兩個人都很喜歡的房子。

「那個窮畫家跟妻子說：『將來等我成了名，有很多錢，我要把這幢房子買下來，我們就住在這裡，一直到老。』

「許多年後，這位窮畫家真的成名了，賺到很多錢。他跟妻子住在市中心一間豪華的公寓裡，不時忙著應酬。

「一天，妻子跟他說：『我們不是說過要把小島上那幢房子買下來，住在那兒的嗎？』畫家回答說：『我們現在不是很好嗎？誰要住在那個什麼都沒有的小島上！』」

徐承勳抓住鞦韆，彎下身去，凝視著邢露說：

「妳為什麼不相信我？」

邢露說：

「你真的從來沒聽過這故事嗎？人是會改變的。」

徐承勳望著邢露說：

「我說到就會做到。」

邢露茫然的大眼睛越過他的頭頂，看到天邊一抹橘子色的殘雲，覺得有些涼意。於是，她把懷裡的小狗放走，站起來說：

「太陽下山了，我們走吧！」

離開這幢白色平房時，那條小黑狗在她身後追趕著，邢露並沒有回頭多看一眼。

2

第二天，邢露生病了。這種痛楚幾乎每個月那幾天都來折磨她，可這一次卻特別嚴重。從早上開始，她就覺得肚子痙攣，渾身發冷。她蜷縮在被窩裡，額上冒出細細的汗珠。

她打了一通電話回去咖啡店請假，以為睡一會就會好過來。然而，她在床上翻來覆去，小聲地呻吟著，那種痛苦愈來愈劇烈。她想起她曾經讀過一本書，說狗兒能夠聞到血的味道、病人的味道和即將死去的人身上的味道，她終於明白昨天那頭鬈毛小黑狗為什麼老是追趕著她了。

她虛弱地走下床，想找些藥。但是，醫生上次開給她的藥已經吃完了。她走到明真的房間，想請她帶她去看醫生。床上沒有人，邢露看看牀頭的那個鐘，原來已經是午後一點鐘，明真上班去了。

她本來想換件衣服去看醫生，可是，想到要走下三層樓的樓梯，回來的時候又要爬上三層樓的樓梯，根本不可能做得到。

她回到床上，忍受著子宮的抽痛，屈曲著兩條腿，在被窩裡有如受傷小動物般發著抖。模模糊糊的時候，床邊的電話響起鈴聲，她伸手去抓起話筒，說了一聲：

「喂——」

「妳怎麼了？沒去上班嗎？」是徐承勳的聲音。

邢露回答說：

「我……不……舒……服……」

徐承勳緊張地問：

「妳哪裡不舒服？嚴重嗎？」

邢露發啞的聲音說：

「我睡一會就好。」

徐承勳說：

「我過來帶妳去看醫生！」

邢露昏昏沉沉地說：

「不……用……了。」

然而，十幾分鐘之後，門鈴響了。

邢露從枕頭上轉過臉來。她臉龐周圍的頭髮濕了，身上穿一襲白色的睡裙，汗濕了的裙子黏著背。她顫抖著坐起來，雙手摸著臉，心裡想著：

「不能讓他看到我這個樣子，他會不愛我的！」

她想擦點口紅，可是，她已經一點氣力也沒有了。

門鈴又再催促著。她趿著床邊的一雙粉紅色毛拖鞋，扶著牆壁緩緩走去開門。門一打開，她看到徐承勳站在那兒，他上氣不接下氣地，一張臉變得通紅，一定是一口氣從樓下奔跑上來的。

徐承勳扶著她，問她：

「妳怎麼了？」

她怪他說：
「不是叫你不要來嗎？只是經痛罷了，躺一會就沒事。」
她有氣無力地回到床上，徐承勳坐到床邊，撫撫她雙手，給那雙冰冷的手嚇了一跳。她披散頭髮，軟癱在那兒，怕他看到她蒼白的臉，她背朝著他屈曲著身體。他看到她白色睡裙後面染了一攤血跡。
他吃驚地叫道：
「妳流血了。」
邢露摸摸裙子後面，果然濕了一大片。她尷尬地扭轉過身來，拉上被子生氣地罵道：
「走呀你走呀！」
徐承勳衝出房間，在浴室的鏡櫃裡找到一包衛生棉。他拿著那包衛生棉跑回來，走到床邊，掀開她蓋在身上的被子，溫柔地把她扶起來，說：
「快點換衣服，我帶妳看醫生。妳用的是不是這個？」
她看到他手裡拿著衛生棉，心裡突然覺得有說不出的難過。

「妳的衣服放在哪裡？我替妳拿！」他說。

她看了一眼床邊的衣櫃。徐承勳連忙走過去打開衣櫃，隨手挑出一件大衣和一條裙子，放在床邊，對她說：

「我在外面等妳。」

邢露虛弱地點了點頭。徐承勳走出去，帶上了門。

邢露禁不住用那條手帕掩著嘴巴啜泣起來。

隨後她抹乾眼淚，換上了乾淨的內衣褲和他挑的裙子與大衣，趿著拖鞋蹣跚地走出房間找鞋子。

徐承勳抓住她的手說：

「別找了，我揹妳下去。」

邢露說：

「我自己可以走路！」

徐承勳彎下腰去，命令道：

「快爬上來！」

邢露只好爬到他背上。

徐承勳揹著她走下樓梯，她頭倚在他背上，迷迷糊糊地呻吟著。

徐承勳問：

「很痛嗎？」

邢露咬著唇搖了搖頭。

兩個人終於抵達醫院。醫生給邢露開了止痛藥。

徐承勳倒了一杯溫水給她，看著她把藥吞下去，像哄孩子似的說：

「吃了藥就不痛。」

邢露抬起依然蒼白的臉問他：

「我現在是不是很難看？」

徐承勳摩挲著她的頭髮說：

「妳最漂亮了！」

回去的時候，他揹著她爬上樓梯。

邢露說：

「我自己可以走。」

徐承勳說：

「不，妳還很虛弱。」
邢露在他背上喃喃地說：
「不過是經痛罷了！看你緊張成這個樣子！」
爬上那條昏黃的樓梯時，他問：
「這種痛有辦法醫好的嗎？」
邢露回答說：
「醫生說，生過孩子就不會再痛了。」
徐承勳說：
「那麼，我們生一個孩子吧！」
她凝視著他的側臉，低聲說：
「瘋了呀你！」
徐承勳認真地說：
「只要妳願意。」
邢露沒回答他。她心裡想著：
「這是不可能的。」

徐承勳說：

「以後有什麼不舒服，一定要告訴我！今天要不是我打電話過來，妳也不說。」

邢露說：

「你說今天要去見一個畫商，我不想讓你擔心啊！對了，他看了你的畫怎麼說？」

徐承勳雀躍地回答：

「我帶了幾張畫去，他很喜歡，他說很有把握可以賣出去，還要我把以後的作品都交給他賣。他在行內名氣很大的呀！」

邢露臉抵住他的肩膀說：

「那不是很好嗎？」

「說不定我們很快就有錢把山上那幢平房買下來了。」徐承勳把她揹緊了一些說。

邢露雙手摟住他的脖子，一句話也沒說。

3

那天夜晚，邢露起床吃第三次藥，那種折磨她的痛楚已經漸漸消退，徐承勳也聽她的話回家去了。

她用枕頭撐起身子，弓起兩個膝蓋坐在床上，拉開床邊一個上了鎖的抽屜，那兒放著一個文件袋。她從文件袋裡拿出一張已經發黃的舊報紙來。

有時候她會想：

「我現在做的是什麼呀？」

跟楊振民分手之後，她轉到了中環置地廣場另一家高級服飾店上班，那只是另一個浮華世界。可她已經不一樣了，以前愛看的那些小說，她如今全都不看了。她悔恨委身給他，卻發覺自己對他再沒有感覺。也許是心中的柴薪已經燃燒殆盡，化為飛灰了。

現在，她想要許多許多的錢，那是生命中唯一值得追尋的事物，也是唯一可以相信的。然後，她會離開這個使她絕望和痛苦的地方，跑到遙遠的他鄉；在那兒，沒有人認識她。

於是，邢露拚命工作，沒多久之後就升職了。後來，她為了多賺一點錢，轉到一家珠寶店上班。然而，就在這時，父親卻雄心壯志起來，跟一個朋友合作做小買賣，結果卻虧了本，欠了一屁股的債，邢露得把她咬著牙辛苦儲在銀行裡的錢拿出來替他還債。

邢露對這個她曾經崇拜，也愛過的男人突然感到說不出的厭惡。那天，她回到家裡，把錢扔在飯桌上，恨恨地朝他吼道：

「你為什麼要這樣對我！」

要是父親罵她，她也許還會高興些，可他卻一言不發，走過去撿起那些錢。現實已經徹底把他打垮了。

邢露心裡罵道：

「真是窩囊！真是窩囊！」

邢露不再跟父親說話了。

一天，她無意中在報紙上一個不起眼的位置，看到一則奇怪的廣告。廣告上這麼寫著：

一位富有而孤獨的老夫人，想找一位年輕人陪她環遊世界。

酬勞優厚，應徵者只限女性。

相貌端正，中英文良好。

廣告上只有一個郵政信箱的號碼。

這則廣告出現的時候，邢露正對自己的人生感到絕望。

因此，她把相片和履歷寄出去了。

4

第二天醒過來後，邢露身上仍然穿著睡裙。她推開窗戶，清晨的街道空蕩蕩的，只有一排瘦樹的枝椏在風中搖曳。她仰望著天上的雲彩，一片澄藍的顏色映入她那雙清亮的大眼睛。

她不由得微笑了，沉浸在一種新的喜悅之中。

她踢掉腳上那雙蓬蓬鬆鬆的粉紅色毛拖鞋，在衣櫃裡挑了喜歡的衣服穿上，回頭卻又把那雙拖鞋擺齊在床邊；這雙拖鞋昨天唯一踩過的只是醫院急診室的白色地板。

隨後她離開公寓，在那位老姑娘的花店買了一大束新鮮的玫瑰花。老姑娘說：

「妳今天的臉色很好啊！平常有點蒼白呢！」

邢露帶著一個甜美的淺笑，說：

「妳也很好看呀！」

她付了錢，老姑娘另外送了她一束滿天星。她微笑著走出花店，抬起頭的時候突然發現那個光頭的矮小男人。他就站在對面人行道的一塊路牌旁邊，身上穿一套寒酸的西裝和大衣，頭戴便帽，口裡叼著一根煙，懷裡揣著一份報紙。看到她時，他轉過身去背對著她，打開手上那份報紙，裝著在看報紙。

邢露已經發現他許多次了，他一直在監視她的一舉一動。但是，這一刻，她突然覺得忍無可忍了，她朝他衝過去。那個男人用眼角的餘光看到她時，急急地往前走。她不肯罷休，追上去攔在他面前，生氣地問：

「你為什麼老是跟著我？」

那人逼不得已停下了腳步。他約莫四十歲，藏在粗黑框眼鏡後面的那雙銳利的小眼睛看起來愁眉不展，給人一種深藏不露的感覺。

他看了邢露一眼，歉意地說：

「邢小姐，早！」

邢露沒領情，有點激動地說：

「你幹嘛成天監視著我？」

男人瞇細著眼，很有禮貌地說：

「我是來協助妳的，不是監視。」

邢露瞅了他一眼，悻悻地說：

「我自己可以搞定！」

男人沒回答，露出一副不置可否的神情，接著他說：

「他對妳挺好啊！」

邢露吃驚地想：

「原來昨天他也跟著我！」

她冷冷地說：

「這不關你的事！」

男人恭敬地說：

「邢小姐，我們都有自己的職責。」

邢露一時無話。

男人又開口說：

「我得提醒妳，妳的時間不多了。」

說完這句話，男人嘴角露出一個似笑非笑的神情，走開了。

邢露茫然地站在那兒，看著那個矮小的背影消失在拐角。街上的人漸漸多了，天空更澄澈，她的心情卻驟然變了。

這個男人的出現，就像給了她當頭一棍似的，提醒了她，她並不是一個戀愛中的女人。

5

一個星期四晚上，徐承勳說好了會來咖啡店接她下班，然後一起去看電影。然而，等到咖啡店打烊了，他還沒出現。

邢露走出去，在玻璃門上掛上一塊「休息」的告示牌，卻發現徐承勳就在咖啡店外面，雙手插在褲子的口袋裡，神情有點落寞。

邢露驚訝地問：

「你為什麼不進去？」

徐承勳看到了她，抬起頭，沮喪地說：

「那個畫商把我的畫全都退回來了。」

邢露又問：

「他不是說很喜歡你的畫嗎？」

徐承勳回答說：

「他說找不到買家。」

邢露氣惱地說：

「這怎麼可能？你的畫畫得那麼好！」

徐承勳苦笑說：

「沒關係，反正他也不是第一個拒絕我！他說了很多抱歉的說話，弄得我都有點不好意思了。」

邢露憤恨地說：

「那些人到底懂不懂的！」

看到邢露那麼激動，徐承勳反倒咧嘴笑了。他聳聳肩，一副不在乎的樣子，瀟灑地說：

「我還可以拿去給別的畫商，總會有人懂得欣賞的！我們走吧！去看電影！去慶祝！」

邢露瞪大眼睛看著他問：

「慶祝什麼？」

徐承勳臉上露出一個迷人的微笑說：

「慶祝我們仍然活得好好的！慶祝我們在一起！慶祝我會繼續畫畫！我是不會放棄的。」

那天以後，他把作品分別送給了幾個畫商，送去之後就沒有任何下文。隨後那些畫跟幾封信一起，陸續退回來了。

徐先生：

不要氣餒。自古以來，藝術家往往比他身處的時代走得快一些。誠心祝福你找到更有眼光的畫商。

藝軒　總經理
顧明光　敬上

親愛的徐先生：

感謝你的信任，把大作送來敝店。敝店私下做過一些推廣活動，惜反應未如理想。此事萬分抱歉。

藝星軒　總經理
白約翰　敬上

徐先生：
敝店無能，
大作奉還。

雲豐軒　總經理
魯光　敬上

徐承勳把所有的信全都收集在書櫃裡。他對邢露開玩笑說：

「將來我成了名，這些信全都會變得很有紀念價值啊！」

邢露那雙美麗的大眼睛驚訝地看著這個男人。他完全出乎她意料之外，永遠那麼快活，任何的挫敗彷彿都沒法把他打垮，只能讓他眉頭輕皺一下。

她咬著牙說：

「這些人太沒眼光了！」

徐承勳豁達地笑笑說：

「即使這些人全都不買我的畫，我還可以拿到街上去，擺個攤子賣畫，也挺好玩啊！放心吧！我不會餓死的！」

邢露難過地看著他，徐承勳倒過來安慰她說：

「只要窮的時候，妳不介意跟我一起吃麵包，我已經很滿足了。」

邢露笑著問：

「是火腿雞蛋麵包呢，還是白麵包？」

徐承勳微笑著回答：

「開始的時候應該還可以吃到火腿雞蛋麵包，然後也許要吃白麵包了！」

邢露仰起臉看他，皺了皺眼睛，說：

「那麼，不如先從排骨麵開始吧！」

徐承勳咯咯地笑了。他把她摟入懷裡，說：

「我不會讓妳捱餓的。妳身體不好，以後要多吃點東西。」

邢露的臉抵住徐承勳的肩膀，那雙烏亮的眼睛若有所思地凝視著窗外茫茫的黑夜。那個光頭矮小的男人的臉彷彿突然出現在遠方。

6

往後真是一段窮困的日子。畫商們都不愛他的畫，只有徐承勳的朋友偶然像接濟似的買下他一兩張畫，住在梅窩的那個女陶藝家就一口氣買了三張，還笑著說：

「等你成了名，這些畫可都是無價寶啊！」

可他這些朋友的生活只是比他稍微好一些，不可能經常買他的畫；況且，買得多了，也許會給他識穿。

徐承勳漸漸連那間小公寓的租金都負擔不起了。房東姚阿姨從前是脫衣舞孃，在附近這一帶擁有好幾間出租公寓，聽說還擁有一家桌球室的股份。

那天來收租的時候，她說看徐承勳窮成這個樣子，錢不要了，就用一張畫抵償欠租，問他願不願意。徐承勳欣然答應，她就拿走了一張畫，還拍拍胸口說：

「你就一直住到成名吧！」

原來，姚阿姨以前的一個情人是個潦倒的荷蘭畫家，所以，她特別同情畫家，那種同情是對昔日那段愛情最詩意的懷緬。

姚阿姨很愛吃邢露做的小菜。有一次，她來串門子時，兩口子剛好在吃飯，姚阿姨老實不客氣，坐了下來一塊吃，一邊吃一邊豎起大拇指讚好。自此以後，她就像吃過腥的貓兒似的，在樓下看到屋裡有燈，就動作敏捷地竄上樓。要是邢露剛巧在做飯，她嘴裡說自己只是經過順道來看看，卻又一屁股坐下來，吃得像個食人族似的。

這天，三個人一起在窄小的公寓裡吃飯時，姚阿姨一臉認真地對徐承勳說：

「要是你敢欺負邢露，我決不會放過你！」

徐承勳看了邢露一眼，頑皮地說：

「要是她欺負我呢？」

姚阿姨挑了挑那兩道紋上去的柳眉說：

「我最會看人了！邢露這麼好的女孩子，怎會欺負人？只有別人欺負她！」

邢露嘴邊掛著一個微笑，心裡卻想：

「這個女人真是糊塗！」

姚阿姨接著又說：

「等到哪天你們請吃喜酒，我要把荷蘭佬以前替我畫的那張裸體畫送給你們作賀禮！」

邢露瞪了瞪眼睛，心裡想著：

「天啊！這個女人真愛胡說八道！」

徐承勳簡直禁不住笑了出來。

姚阿姨脹紅了臉。「你們別笑，我以前的身材迷死人了！」她擦了擦那雙周圍佈滿皺紋的濕潤的鳳眼，有點激動，肥甸甸的乳房震顫起來，哽咽著說：「我無兒無女，將來死了也不知道留給誰！那張畫可是藝術品呢！也許還能賣個錢！」

邢露靜靜地望著這個身上的肥肉像發酵似的過氣脫衣舞孃，心裡想著：

「我永遠也不要像她這麼老！」

「姚阿姨，妳還年輕得很呢！」徐承勳安慰她說。

隨後姚阿姨走了，兩個人就在公寓裡喝著咖啡和幾片苦巧克力。

徐承勳伸手過去摸摸邢露的額頭問：

「妳怎麼了？今天晚上很少說話，是不是累了？」

邢露輕輕抓住他放在她額頭上的那隻手，抿嘴笑笑說：

「只要還有苦巧克力，我就很好！」

徐承勳憐惜地說：

「妳總是吃不胖！」

邢露噘噘嘴說：

「我才不要胖得像姚阿姨那樣！」

徐承勳說：

「她一個人孤苦伶仃，挺可憐！」

邢露不以為然地說：

「她才不可憐！你別再讓她拿你的畫作房租了，那是賠本生意啊！那些畫我肯定她一轉手就能賣貴很多！」

徐承勳突然指著邢露背後，壓低聲音緊張地說：
「噓！姚阿姨來了！」
邢露不期然扭過頭去看看，她背後什麼也沒有。
她一邊把頭轉回來一邊咕噥：
「你幹嘛騙我？」
徐承勳沒回答，臉上露出奇怪的神情。
邢露問：
「你幹嘛古古怪怪的？」
就在說這句話的當兒，她發現她的咖啡杯旁邊不知道什麼時候擱著一個紅絲絨盒子，打了開來，黑絲絨的襯裡上，靜靜地躺著一枚胖胖小小的玫瑰金戒指，圓鼓鼓的戒面上頭，鑲著一顆約莫五十分左右的鑽石。
這戒指是邢露在那家古董珠寶店的櫥窗裡見過的，她覺得它像一顆甜蜜的玫瑰花糖，也像一聲嘆息，喜歡它簡約的法式設計和古老的意境。她也曾想像它上一位主人是個落難貴族，逼不得已只好把它從無名指上摘下來換件禦寒的冬衣繼續上路。

邢露望著戒指，驚呆了，好一會兒都沒說話。

徐承勳說：

「每次到那兒看電影，妳都會去看看這顆戒指。我想妳一定很喜歡，所以買來了。」

邢露有如作夢般仰起臉來凝視他，心裡想著：

「為什麼會這樣呢？為什麼會這樣呢？」

她咬著嘴唇，問他：

「你哪來錢買？」

徐承勳笑笑說：

「我賣了一張畫。」

邢露問：

「賣給誰？」

徐承勳回答說：

「就是姚阿姨啊！」

邢露狐疑地問：

「哪一張？」

她說完，轉過頭去看了一眼畫室那邊的畫。突然之間，她想起來了，怪不得這幾天她總覺得似乎少了一張畫。

她緩緩回過頭來，吃驚地說：

「你賣了那張泰晤士河畔？賣了多少錢？」

徐承勳笑著回答：

「剛好夠買這顆戒指！」

邢露心痛地說：

「她佔了你便宜啊！那張畫畫得那麼好，不只值這個錢！況且你根本沒錢！為什麼還要買呢？」

徐承勳伸手過去溫柔地握住她的手，望著她說：

「因為妳喜歡！」

邢露止住話，身體顫抖起來。

她凝視著徐承勳，想起她曾經追尋的愛情是怎麼背叛她的，她曾經嚮往的溫馨又是怎麼嘲笑她。這一刻，她死心過的幸福，在她沒有去要的時候，卻又飛舞著回來，用尖尖的鳥喙在她那有如死灰的心裡翻出了一朵尚未熄滅的藍焰。

她那雙悲傷的大眼睛望著面前這個男人，他是那麼想讓她快樂，但她是不值得的！

她眼睛一熱，倏地從椅子上站起來，顫著聲音說：

「我不要！你拿回去吧！」

徐承勳仰頭望著她，驚愕地問：

「妳怎麼了？妳不喜歡嗎？」

邢露看著他，臉上凝固著一種讓他猜不透的神情，回答說：

「是的，我不喜歡。」

徐承勳百思不解地望著她，拿起桌上的那個紅絲絨盒子說：

「我以為妳喜歡……」

沒等他把話說完，邢露突然抓起了擱在門後面的大衣和皮包，衝出了那間屋子，奔跑到街上去。

她踉蹌著腳步，一邊走一邊啜泣起來，心裡悲嘆著：

「他是愛我的！」

這時，一隻手從後面抓住她一條手臂，她猛然扭過頭去，看到了徐承勳。他迷惑地望著她說：

「我是不是做了什麼讓妳生氣？」

她含著淚凝視他，心裡說著：

「……趁著我還有良知……」

徐承勳問她：

「妳到底怎麼了？」

她斷然說：

「我們分手吧！」

徐承勳愣住了。他問：

「為什麼？」

邢露咬住嘴唇說：

「我並沒有你想的那麼好！」

徐承勳搖搖頭說：

「怎麼會呢？」

邢露抬手掰開他的手，歇斯底里地吼道：

「你走吧！我是不值得你愛的！不要再來找我！我是不會再見你的！我們分開吧！」

徐承勳吃驚地問她：

「發生什麼事了？告訴我吧！」

邢露激動地抽泣著，想把一切都告訴他，可是，她彷彿看到那個矮小男人正躲在遠處陰暗的角落監視她。她終究開不了口。

她流淚的眼睛看著他說：

「總有一天，你不會再愛我！」

徐承勳鬆了一口氣，這才明白她擔心的原來是這個。他緊緊地把她抱入懷裡說：

「我會永遠愛妳。」

而後，他把那個裝著戒指的紅絲絨盒子放到她手裡，說：

「送給妳的東西，我是不會收回的。」

邢露的眼淚撲簌簌地湧出來，摟著他，心裡嘆息說：

「為什麼會變成這樣呢？這是命運啊！」

7

後來有一天夜晚，邢露在咖啡店外面碰到姚阿姨，她正帶著一個瘦小的男人和一個更瘦小的孕婦去看房子。

一見到邢露，姚阿姨就很熱情地拉著她，扯大嗓門說：

「真巧呀！剛剛下班嗎？」

根本沒等邢露回答，姚阿姨自顧自說下去。她告訴邢露，那一男一女是小夫妻，太太已經有了五個月的身孕，經朋友介紹來看她在街角的一間出租公寓。他們是在附近上班的，一個是秘書，一個是文員。那對畏畏縮縮的夫妻就像兩隻呆鵝似的站在一旁，很無奈地等著。

邢露想找個辦法擺脫她。突然之間，她想起了一件事。她問姚阿姨：

「妳是不是買了徐承勳那張泰晤士河畔？」
姚阿姨一頭霧水地回答：
「什麼泰晤士河畔？」
邢露心裡怏怏地說：
「她買了那張畫，卻不知道是泰晤士河！」
邢露告訴她：
「那張畫畫的是英國泰晤士河的黃昏景色。」
姚阿姨回答：
「我沒有買過他的畫啊！」
邢露生氣地想：
「他為什麼要說謊呢？」
姚阿姨突然「哎！」的一聲叫了出來，說：
「他說我買了那張畫？我知道是誰買了！」
邢露問：
「是誰？」

姚阿姨繼續說：

「我不知道是誰……」

邢露說：

「妳不是說妳知道的嗎？」

姚阿姨又繼續說：

「我意思是我知道他把那些畫拿到什麼地方去了……我前幾天碰到他……他要我別告訴妳……妳千萬別說是我說的……」

邢露狐疑地問：

「妳在哪兒碰到他？」

姚阿姨回答：

「不就是彌敦道嗎……那天我去探幾個舊姊妹，看到他在那兒擺地攤賣畫……看的人多，買的人少……可不是人人都懂得欣賞的呀……而且天氣又這麼冷……挺可憐的……」

邢露顫抖了一下。

姚阿姨湊近她問：

「妳怎麼了。」

邢露說：

「沒什麼，只是覺得有點冷。」

姚阿姨同情地補了一句：

「妳見到他……就別說是我說的……他是怕妳不喜歡……」

邢露點了點頭。

姚阿姨終於帶著那對呆呆地等了很久的小夫妻走了，一老兩少的身影消失在街角的暗影裡。

原來徐承勳偷偷瞞著她去擺地攤。邢露心裡想：

「買戒指的錢是從那裡賺回來的！他打算什麼時候才告訴我呢？」

第二天夜晚，邢露來到彌敦道的地攤上，發現徐承勳果然在那兒。她吃驚地躲在老遠看他。徐承勳身上穿著她織的一件羊毛衫和圍巾，地上擱一盞油燈，十幾張畫擺在那家已經關門的銀行的台階上。他一邊賣畫一邊在畫板上畫畫。天氣嚴寒，行人都縮著脖子匆匆路過，只有幾個好奇的遊客偶爾停下來看看。

這時，起了一陣風，呼嘯而過，更顯得他高大的個兒衣衫單薄，他連一件大衣都沒有，雙腳在地上磨蹭著取暖，看上去那麼寒傖，卻又那麼快活，臉上一逕掛著微笑，口裡還哼著歌，彷彿眼下這種生活並沒有什麼大不了。

邢露想起他曾經戲言說：

「即使他們都不買我的畫……我還可以去擺攤子……」

她沒料到徐承勳真的會這麼做。

她靜靜地來到他面前。徐承勳看到她時，臉上露出驚訝又歉意的神情。

他試探著問：

「是姚阿姨告訴妳的？」

邢露抿著嘴唇說：

「那張畫你說賣了給她。」

徐承勳咧嘴笑笑說：

「是一個英國遊客買走了，那個人是在博物館工作的，他懂畫！」

邢露說：

「這裡一張畫能賣多少錢呢？買不到一枚戒指。」

徐承勳雀躍地說：

「他一口氣幫我買了三張。今天天氣不好，天氣好的時候，生意挺不錯的！」

邢露板著臉問他：

「為什麼不告訴我？」

徐承勳深情地望著她說：

「我不想妳擔心。」

邢露仰起臉來，那雙又黑又大的眼睛凝望著徐承勳，帶著幾分蒼涼，也帶著幾分失望，眼前這個男人已經淪落到這個地步了，永遠也成不了名。

徐承勳摩挲著她冰涼的一雙小手，輕輕說：

「回家去吧！這裡的風很涼。」

邢露知道，自己再也不會留在他身邊了。

8

第二天一整天，家裡的電話不停地響，邢露坐在客廳的椅子上，靜靜地用手指翻閱著一本流行時裝雜誌，對鈴聲充耳不聞。她知道是徐承勳打來的。他一定已經發現她沒去咖啡店上班了。

到了傍晚，鈴聲終於停止了。明真下班回來，一打開燈，發現邢露一個人坐在黑漆漆的客廳裡，蒼白的臉上什麼表情也沒有。

明真「哇」的一聲叫了出來，問邢露：

「為什麼不開燈？妳嚇死我了！他現在就在樓下！」

邢露抬起頭來問明真：

「妳怎麼說？」

明真把帶回來的幾本雜誌放在桌子上說：

「我說妳今天一大早出了門，只說去旅行，三天後回來，沒說要去哪裡。」

邢露說：

「謝謝妳。」

隨後她拿起那幾本雜誌翻閱，說：

「這是買給我的嗎？」

明真回答：

「嗯，妳看看是不是妳要的那幾本？妳和他怎麼了……他剛才的樣子很緊張呢！」

明真說著走到窗子那邊，從窗簾縫往下面看了一會，喃喃說：

「好像已經走了。」

邢露冷冷地問：

「他還說了什麼？」

明真坐下來說：

「他問我妳為什麼會辭職。妳辭職了麼？」

邢露點點頭，又問：

「那妳怎麼說？」

明真雙手托著頭說：

「我說我不知道。我真的不知道嘛！你們是不是吵架了？他對妳挺好的呀！我還以為妳很喜歡他！他長那麼帥，你們很相配啊！有好幾次我在樓下碰見他剛剛送妳回來，臉上一逕掛著微笑，甜得像塊糖似的。說真的，那時候我還擔心妳會搬過去跟他住呢！」

邢露的眼睛一動不動地看著雜誌，什麼也沒說。

隨後的三天，徐承勳的電話沒有再打來了。到了第四天大清早，家裡的電話鈴聲又再響個不停，邢露依然好像沒聽見似的，坐在客廳的椅子上，安靜地讀著手裡的一本書。那是一本驚悚小說。

一直到了夜晚。邢露站起來，放下手裡的書，換過一身衣服，對著鏡子擦上口紅，走到樓下，攔下一輛計程車。

車子開動了，她背靠在車廂的椅子裡，臉上的神情冷若冰霜。

後來，車子停在徐承勳的公寓外面。邢露下了車，仰頭看了一眼，十樓那扇熟悉的窗戶亮著昏黃的燈。她咬著牙，走了進去。

上了樓，邢露用鑰匙開了門。門一推開，她看見徐承勳站在畫室裡，正看向門的這一邊。他憔悴極了，臉上的鬍子沒刮。

看到邢露時，徐承勳與其說是抱她，不如說是撲過去。他叫道：
「妳去了哪裡？為什麼一聲不響去了旅行？我很擔心妳！」
邢露站著不動，說：
「我什麼地方都沒去。」
徐承勳吃驚地說：
「但是，明真說妳……」
邢露回答：
「是我要她這麼說的。」
徐承勳不解地問：
「為什麼？」
邢露從他的懷抱中掙脫出來，直直地望著他，抿著嘴唇說：
「我不想見你。」
徐承勳怔住了，久久地說不出話來。
「我是來拿回我的東西的！」邢露說完了，逕自走進睡房裡，打開衣櫃，把她留在這裡的幾件衣服塞進一個紙袋裡。

徐承勳急得把她手裡的紙袋搶了過來，說：

「妳是不是氣我對妳撒謊？妳不喜歡我擺攤子，我以後都不去就是了！」

邢露把紙袋搶回來，看了他一眼說：

「你連吃飯交租的錢都沒有了，不擺攤子行嗎？」

徐承勳說：

「妳不喜歡我就不去！」

邢露瞪著他說：

「你別那麼天真好不好！你以為生活是什麼？現實點吧！」

她嘆了一口氣說：

「反正你以後做什麼都不關我的事！」

她砰的一聲把衣櫃門摔上，冷漠地對他說：

「我們分手吧！」

徐承勳驚呆了，急切地問道：

「為什麼，我們好端端的，為什麼要分手？妳到底怎麼了！我不明白！」

邢露回答說：

「我們合不來的！不要再浪費時間了！」

她說完，拎著那個紙袋走出睡房。徐承勳追出來，拉住她的手臂，近乎懇求地叫道：

「不要走！求妳不要走！我做錯了什麼，妳告訴我吧！」

邢露拽開他的手說：

「你放開我！我們完了！」

徐承勳沒放手。他使勁地摟著她，淚水在眼眶裡滾動，說：

「妳知道我是愛妳的，我什麼都可以為妳做！我不能沒有妳！不要離開我！」

邢露凝視著他，即使在生活最困難、最潦倒的日子，她也從沒見過他像今天這麼軟弱。他的眼睛又紅又腫，已經幾天沒睡了，那張曾經無憂無慮的臉給痛苦打敗了。她鼻子發酸，帶著悲哀的聲音說：

「你根本不認識我！我們要的東西不一樣！」

他感到她軟化了，帶著一絲希望哀求她說：

「我們再嘗試好不好？」

她突然發現，徐承勳根本就不明白她在說什麼。

「不要離開我！」他把她抱入懷裡，濡濕的臉摩挲著她的頭髮，想要吻她。

邢露別過臉去，終於說：

「你給我一點時間吧！」

徐承勳彷彿看到了一絲希望的曙光，他摟著她說：

「今天晚上留下來吧！」

「不！」邢露說。她從他懷裡掙開來。「讓我一個人靜一靜吧。我會找你。」

她的態度是那麼堅決，以致他不敢再說話了，深深害怕自己糾纏下去會讓她改變主意。

邢露走了出去，沒回頭看他一眼。

她從公寓出來，瞥見那個禿頭矮小的男人躲在拐角的暗影下，她直挺挺地朝他走過去。經過那個人身邊的時候，她沒抬起眼睛看他。

9

隨後的三個星期，家裡的電話每天都響，全都是徐承勳打來的。邢露總是由得它響。明真在家的話，就叫明真接電話，說她出去了。只有幾次，邢露親自拿起話筒聽聽他說什麼。

徐承勳變得像隻可憐小狗似的向她搖尾乞憐，結結巴巴地說很想念她，很想見她。每一次，邢露都用一種沒有感情的聲音拒絕了。

這個被悲傷打垮了的男人根本不知道發生了什麼事。他有時哀求她回來，有時試探她最近做什麼，是不是愛上了別人，有時好像死心了，第二天卻又若無其事地打來，希望事情會有轉機。他有好幾次喝得醉醺醺，半夜三更打來傾訴對她的愛。於是，邢露不再接那些午夜的來電了。

一天晚上，徐承勳在公寓樓下打電話上來，軟弱地問邢露他可不可以上來見她。邢露回答說：

「要是你這麼做，我連考慮都不會再考慮！」

說完之後，她掛上了電話。

半夜裡她被一場雨吵醒。她下了床，從窗簾縫朝外面看，發現一個人站在對面灰濛濛的人行道上，被雨打得渾身濕透。他還沒走，她看不見他的臉，看到的是那個身影的卑微和痛苦。

她對他的折磨已經到了盡頭。

那場雨直到第二天夜晚才停了。徐承勳還沒有走。她知道，看不見她，他是不會走的了。

邢露拿起話筒，撥了一個號碼說：

「八點鐘來接我。」

七點二十分的時候，邢露坐到梳妝台前面開始化妝。化完妝，她穿上花邊胸衣和一襲胸口開得很低的黑色連身裙，在胸前灑上濃濃的香水。

八點二十分，她關掉屋裡的燈，披了一襲紅色的大衣，穿上一雙黑色高跟鞋走出去。

她從公寓裡出來，那部火紅色的跑車已經停在路邊等她了。她臉上露出嫵媚的笑容，車上的一個男人連忙走下車。他是個高個兒，有一張迷人的臉，身上穿著講究的西裝，笑起來的時候有點像女孩子。他走過來替邢露打開車門，一隻手親暱地搭在她背上。

邢露上了車，她眼角的餘光看到了徐承勳躲在對面人行道的一棵瘦樹後面盯著這邊看。

車子不徐不疾地往半山駛去，邢露不時靠過去，把頭倚在那個男人寬闊的肩膀上，熱情地勾住他的手臂。

隨後車子駛進半山一幢豪華公寓的停車場。邢露和男人下了車，他摟著她的腰，兩個人邊行邊說笑，乘電梯上了二十樓。

那是一間裝潢漂亮的四房公寓，可以俯瞰整個維多利亞港的夜景。兩個人進了屋裡之後，邢露臉上嫵媚的神情消失了。她從皮包裡掏出一疊鈔票遞給那個男人，沒有表情地說：「這是你的。」她瞄了一眼其中一個房間。「今天晚上你可以睡在那兒，明天早上，等我走了之後，你才可以走。」

男人收下錢，恭敬地說：

「知道了。謝謝妳，邢小姐。」

邢露走進寬敞的主人房，帶上了門。她沒開燈，和著大衣靠在床上，一動不動地坐著。房間裡有一排落地窗戶，她看到了遠處高樓大廈五光十色的夜燈。她從小就嚮往住在這樣的屋子裡，睡在這種鋪上絲綢床罩的公主床上，以為這樣的夜晚一定會睡得很甜。

可是，這天晚上，她沒法睡。她知道明天以後，一切都會改變。

第二天，早上的陽光照進屋裡來，眩得她眼睛很倦。邢露看看手錶，已經十點半了。她慢慢離開了床，坐到梳妝台前面，亮起了那面橢圓形的鏡子周圍的燈泡，拿起一把刷子開始梳頭髮。

十一點鐘，邢露從公寓出來，臉上一副慵懶的神情，披垂的長髮，髮梢上還濕濕著水珠。

徐承勳就站在公寓的台階上。邢露已經三個星期沒見過他了，他消瘦了，憔悴了，臉色白得像紙，一雙眼睛佈滿了血絲，頭髮亂蓬蓬的，鬍子沒刮，身上穿著她織的羊毛衫；這件羊毛衫前天被大雨淋濕過，昨天又被風吹乾了，今天已經變了樣。

看到他，邢露吃了一驚，問他：

「你為什麼會在這裡？」

這個可憐的男人甚至不敢罵她。他哆嗦著嘴唇，試著問：

「他是誰？你們……昨天晚上一起麼？」

邢露那雙無情的大眼睛看著他，回答：

「是的！」

這句話好像有人宣判了他的死刑。徐承勳痛苦地問道：

「是什麼時候開始的？」

邢露冷冷地說：

「這你不用知道！」

徐承勳紅著眼睛說：

「我到底做錯了什麼？為什麼會變成這樣？」

他覺得眼前這個女人是他不認識的，她變得太厲害了。

邢露激動地說：

「你沒做錯！我已經告訴過你，我們想要的東西不一樣！我二十三歲了，我不想再等！女人的青春是有限的呀！你以為貧窮是一個光環麼？你以為藝術是可以當飯吃的嗎？我不想下半輩子跟一個窮畫家一起！有些女人也許會願意，但不是我！你那些畫根本沒有人想買！沒有人買的畫就是垃圾！」

徐承勳呆住了，他吃驚地望著她，說：

「我一直以為妳欣賞——」

邢露打斷他的話，冷酷的黑色眸子望著他說：

「你以為我欣賞你那些畫嗎？有幾張的確是畫得不錯的！但那又有什麼用？你以為現在還是以物易物的社會嗎？你可以一直拿那些畫去換飯吃、換屋住嗎？你這個人根本就不切實際！我跟你不一樣！我已經窮怕了！我不想再窮下去了！」

「妳認識我的時候，我已經是這樣！」他說。

「我嘗試過了！但我做不到！我不想等到人老珠黃的時候才後悔，

你可以一直畫畫，畫到八十歲，但是我不想一直到死都住在那間破房子裡！你到底明不明白？」

徐承勳震驚地說：

「我沒想到妳是這種人！」

邢露瞪著他說：

「徐承勳，我本來就是這樣，只是你不了解我！」

突然間，他臉上的軟弱不見了。她撕碎了他一顆心，把他的自尊踩得稀巴爛；然而，正正因為如此，他反而清醒了。

他那雙憤恨的眼睛看著她，好像正要抬起手狠狠地掌她一記耳光或者撲上去揍她幾拳。

邢露害怕了，緊緊咬著嘴唇，仰臉瞧著他。

徐承勳靜靜地說：

「邢露，妳長得很美麗，尤其是妳的眼睛，我從沒見過這麼亮這麼深邃的一雙眼睛；但是，妳的內心卻那麼暗，那麼淺薄！」他輕蔑地看了她一眼。

邢露那雙倔強的大眼睛瞪著他，傲慢地說：
「你儘管侮辱我吧！徐承勳！我們已經完了！」
她伸手攔下一輛計程車，頭也沒回，飛快地上了車。
車子離開了半山，離開了背後那個身影，邢露頭倚在車窗上，大顆淚珠從她的眼裡滾下來。她知道回不去了。

10

三天之後的一個清晨，一輛計程車把邢露送來石澳道一幢臨海的古老大宅。屋前的台階上，站著一個身穿灰布長衫，身材瘦削的老婦人。這人頭髮花白，腰背挺得直直的，佈滿皺紋的臉上有一種充滿威嚴和傲慢的神情，兩個身穿制服的女僕恭敬地站在她背後。
看見邢露踏上台階時，老婦人木無表情地對她說：
「徐夫人在裡面等妳。」
邢露抿著嘴唇點了點頭，隨那老婦人進屋裡去。走在前面的老婦人昂起了頭，腳上那雙平底黑色皮鞋踩在地板上，不時迴響著輕微的聲音。邢露仰臉看了一眼屋裡的一切，她還是頭一次來這裡。這幢大宅突然使她感到自己的渺小，就像一片葉子掉進深不見底的湖裡。

老婦人帶她來到書房。門開了，邢露看到一個穿著翠綠色旗袍的窈窕身影背朝著她，站在臨海的一排窗戶前面。

老婦人對那身影必恭必敬，充滿感情的聲音說：

「夫人，邢小姐來了。」

那身影做了個手勢示意老婦人離開。老婦人輕輕退了出去，把門帶上，留下邢露一個人。

那個身影這時緩緩轉過來，彷彿她剛才正陷入沉思之中。

徐夫人已經五十開外，不過保養得宜，外表比實際年齡年輕，染過的黑髮在腦後挽成了一個髻，身上的繡花旗袍造工巧究，腳上著一雙緞面的半跟鞋，右手的手腕上戴著一隻碧綠色的翡翠玉鐲。她有一雙溫柔的黑眼睛，卻配上一個堅毅的下巴和冷靜的神情，這張臉既可以慈愛，也可以冷漠。這一刻的她，臉上的神情正介乎兩者之間。

徐夫人打量了邢露一下，做了個手勢，說：

「請坐吧，邢小姐。」

邢露依然站著，回答說：

「不用了。」

徐夫人臉上泛起一絲微笑，說：

「妳做得很好，謝謝妳。」

邢露那雙憔悴的眼睛望著她，遲疑地問道：

「他現在怎麼了？」

徐夫人說：

「多謝妳關心。」

邢露知道，這句話的意思其實是：「與妳無關，妳不用知道。」

她又問：

「那些畫廊商人為什麼都不買他的畫？是因為妳嗎？」

徐夫人只說：

「錢可以買到很多東西。」

邢露恍然明白了，徐承勳畫的畫，是永遠不會有一個畫商願意買的。

她直挺挺地站在那兒，沒有再問下去。

徐夫人在書桌上拿起一張銀行支票遞給邢露說：

「這是妳的酬勞。」

邢露沒有伸出手去接。她咬著牙說：

「我不要了。」

徐夫人臉上露出詫異的神色，她望著邢露，靜靜地衡量她，懷疑她，想知道她到底要什麼。

邢露鼓起勇氣說：

「我愛上了他。」

徐夫人沒說話，這樣的沉默讓邢露看到了一絲希望。她的心怦跳起來，那雙患得患失的大眼睛想從徐夫人臉上看出一些端倪。

徐夫人臉上沒有任何表情。她看著邢露，慢慢地說：

「但是，妳更愛錢！」

邢露無言以對。

徐夫人把那張支票遞到她面前，冷冷地說：

「一千萬可以做很多事情。妳檢查一下數目。」

邢露有點激動地說：

「妳根本不了解妳兒子！」

徐夫人反問：

「難道妳會比我更了解他嗎？」

邢露說：

「要是妳愛他的話，根本就不會這樣對他！」

徐夫人淡然說：

「妳也一樣。」

邢露語塞了。徐承勳母親說得對，要是她真的像她自己以為的有那麼愛徐承勳，她早就應該收手了，為什麼還要做下去呢？為什麼不能向他坦白呢？也許他會相信。他還是可以當個窮畫家，兩個人還是可以過平凡日子的。但是，天知道到底為什麼，她根本沒有想要收手。

於是，她接過了徐承勳母親手上那張支票。

「我希望妳會遵守妳的諾言，一星期之內離開香港。」徐夫人說。

11

飛機離開香港啟德機場的跑道，徐徐升起。邢露坐在機艙後排，頭倚在窗上，最後一次回望這個夜色絢爛的城市。

十一個小時之後，飛機會在倫敦降落。她上次去英國，已經是十五年前的事了。對邢露來說，倫敦或是英國，就像《魔戒》裡面那個住著許多精靈的「千洞之城」。這是一座懸掛著無數金色燈籠的森林，走過長廊，可以聽到鳥兒的鳴叫和水流的聲音，繁燈一樣的噴泉隨處可見，中土上沒有哪座城邦能比得上「千洞之城」這般美麗的了。

十五年來，她多麼渴望奔向那兒，相信那個城市可以治癒她一切的憂傷，滿足她所有的欲望。可是，為什麼她這一刻完全沒有夢想實現的快樂感覺呢？

二十個月之前，她在報紙的下方看到那則廣告，一位富有而孤獨的老夫人想找一位年輕人陪她環遊世界。她彷彿看到了希望的火光，於是，她把相片和履歷寄去了。

那封應徵信一直沒有下文。她以為自己落選了。然而，約莫兩個月後的一天，她突然接到一通電話，通知她去面試。

第二天，她來到德輔道西一幢舊商廈的辦公室。辦公室大門的招牌這麼寫：

林亨私家偵探社

一般調查　工商信用

秘密跟蹤　失蹤調查

商情搜集　疑難解答

伸張正義　絕對保密

世界偵探總會　英國偵探總會　會員

這塊招牌幾乎都比辦公室的門大了。

邢露心裡想：

「為什麼會是一家私家偵探社呢？」

她決定進去看看。辦公室不會比門大多少。一個身材矮小、禿頭的男人看到邢露進來，連忙從辦公桌後面站起來。他架著一副粗黑框眼鏡，細窄的眼睛藏在眼鏡後面，看起來陰沉而狡猾，一口泛黃的牙齒。

邢露極度小心地說：

「我是來應徵的。」

矮小男人說：

「妳是邢露小姐吧？我是林亨。妳很準時。」

邢露神色不安地瞄了一眼這個簡陋的辦公室，辦公桌上亂七八糟散滿了東西，右邊一個魚缸養著幾尾慢吞吞地游著的金魚，看起來髒兮兮的。她想不出這裡跟那個報紙廣告會有什麼關聯。

就在她想拔腿逃跑的時候，林亨說：

「徐夫人已經到了。」

他打開辦公室左邊的那扇木門說：

「她在裡面等妳。」

邢露沒想到那扇門後面是一個房間。她探頭進去，這個房間比外面大，她果然看到一個中年女人和一個老婦人。中年女人穿一襲白色鑲珠片旗袍，看來雍容華貴，老婦人穿灰布長衫，身材瘦削，一頭白髮，像忠僕似的守在穿旗袍的女人身旁。

林亨對邢露說：

「請進去。」

邢露遲疑地走進去。本來坐著的兩個女人同時站了起來，兩個人目不轉睛地上下打量邢露。邢露認出穿白色旗袍的那個女人，她是船王徐浙生的夫人！

香港船王徐浙生一年多之前心臟病發猝逝，全港報章的頭版一連許多天報導他的死訊和備極哀榮的葬禮，外國政要、歐洲皇室成員和香港的港督也去向他致祭。邢露在報紙上見過徐夫人的照片，這位一向很少曝光的遺孀在那些照片中神情哀傷。

邢露不禁滿腹疑團，心裡想：

「徐夫人就是那位想找人陪她環遊世界的老夫人麼？可是，她一點也不老啊！站在她旁邊的那個才算老呢！」

這時，徐夫人對身邊的老婦人說：

「林姨，你們到外面等我吧！我想單獨跟邢小姐談一談。」

穿灰布長衫的老婦人目光犀利地瞄了邢露一眼，說：

「知道了，夫人。」

老婦人和林亨都退出去之後，徐夫人做了一個手勢，說：

「邢小姐，請坐。」

於是邢露和徐夫人面對面坐了下來，雙手生硬地搭在兩個膝蓋上。

徐夫人神色有點緊張地說：

「邢小姐，妳本人比照片還要漂亮。」

邢露帶著不自然的微笑說：

「謝謝妳。」

徐夫人看了邢露一眼說：

「所有應徵者之中，我們覺得妳的條件是最適合的。」她停了一下，好像是想找出適當的字眼。再度開口時，她說：

「這件事真的不容易開口……」

邢露突然覺得這件事並不是廣告上說的那麼簡單。況且，徐夫人這麼有錢，怎會光顧這種私家偵探社呢？為的卻只是找一個女孩子陪她環遊世界？

徐夫人繼續說：

「那個廣告是假的。」

邢露怔住了。

徐夫人又繼續說：

「因為真實的情況不方便說出去，所以，只好登一個這樣的廣告，方便我們去找合適的人選……」

邢露說：

「我不明白妳的意思……」

徐夫人說：

「我想請求妳幫一個忙。」

邢露想不到她有什麼可以幫這個有錢人的忙，但是，她還是留心聽徐夫人說下去。

徐夫人深深吸了一口氣說：

「要是妳待會拒絕幫這個忙，那麼，我今天所說的一切，妳就當作沒聽過好了。」她停了一會，說：「先夫是已故船王徐浙生，相信妳也聽過他的名字吧？」

看到邢露點了一下頭之後，她接著說下去：

「我們只有一個兒子，今年二十四歲。這孩子從小就愛畫畫，我一直以為他只是把畫畫當成嗜好。因為，他總有一天是要繼承家業的。

「沒想到這孩子一點都不想繼承家業，不管我怎麼勸他，他也不肯聽，更和我大吵了一場，一個人搬了出去，一心一意只想當個畫家。

「這一年來，我接手管理先夫的生意，一個女人，可以說是身心俱疲。先夫還有許多心願未了，但是我知道，我兒子不管怎麼捱窮、怎麼吃苦，也是不肯回來的。他太年輕了，很多事情還不明白。目前看來，只好試試這個辦法……」
邢露愈聽愈不明白。那個富家子要去當個畫家，與她有何關係？
徐夫人望著邢露，沉默了一段時間，突然說道：
「邢小姐，我希望妳能夠設法讓我兒子愛上妳，然後離開他。理由是嫌棄他窮。」
邢露呆住了，衝她說道：
「徐夫人，妳到底知不知道自己在說什麼？」
徐夫人回答：
「我當然知道，我想我兒子回家。」
邢露說：
「這跟我有什麼關係？我為什麼要幫妳的忙？」
徐夫人這時遞給邢露一疊資料，說：
「邢小姐，請妳看看這個。」
邢露用手指翻閱那疊厚厚的資料。她簡直嚇呆了，那根本就是她的秘密檔案，上面有關於她身世的詳細資料，包括她邢家上幾代曾經是名門望族，她在英國的祖父死前是個游手好閒的紳士，她父親是個窮畫家，欠了一屁股的債。甚至她跟程志傑和楊振民過去的戀情都一一記錄下來，還有她這兩個月來的行蹤和偷拍得來的照片。她突然明白，他們為什麼等了兩個月才見她，一定是外面那個私家偵探拿到她寄來的履歷之後，花了一段時間暗中調查她。

邢露激動得從椅子上跳了起來，叫道：

「你們憑什麼這樣做？你們到底想怎樣？」

徐夫人臉上帶著些許歉意說：

「邢小姐，妳別生氣。事關重大，我們必須確定妳是適合的人選。」

邢露冒火地說：

「就因為我窮，所以妳認為我什麼都肯做？」

徐夫人冷漠地說：

「每一樣事情都能買，也能賣。」

邢露覺得這個女人簡直就是在侮辱她。她慍聲道：

「這種事我不會做！」

「不如我們先來談一下酬勞吧！」徐夫人說：「事成之後，妳會得到一千萬。」

邢露驚住了。她睜大眼睛望著徐夫人，壓根兒不敢相信自己的耳朵。

徐夫人誠懇地說：

「邢小姐，我會很感激妳幫我這個忙。而且，我兒子並不是醜八怪。妳不用現在答應，三天之內，我會等妳回覆。」

邢露不禁問：

「為什麼是我？」

徐夫人回答說：

「我可以找到比妳漂亮的女孩子，但是，妳是我兒子會喜歡的那種女孩子。今天見到妳，我更肯定我不會錯。邢小姐，妳那麼年輕，一千萬可以做到很多事情。妳好好考慮一下吧。」

邢露沒有立即答應，離開偵探社之後，她在書店買了一本《徐浙生傳記》。

那天晚上，她從頭到尾翻了一遍那本書。徐浙生比她想像中還要富有。他生前是世界十大船王之首，穩執世界航運業牛耳，旁及金融保險、投資和地產。美國總統、英國首相、英女王、日本天皇都是他的好朋友，他跟美國總統可以直接通電話，也是英國唐寧街十號首相府的常客。妻子顧文芳是他的學妹，夫妻恩愛，兩人育有一子。書裡有一張徐承勳小時候與父母的合照。徐夫人沒說謊，徐承勳不僅不是醜八怪，他長得眉清目秀。

邢露放下書，愈是去想，腦海愈是亂成一團。一千萬……一個女人給她一千萬，要她愛上自己的兒子，然後拋棄他。她不會是作夢吧？

有了那一千萬，她就可以做她想做的事。

她想要那筆錢。於是，到了第三天，她打了一通電話給徐夫人。

「我答應。」她有點緊張地說。

徐夫人感激地說：

「謝謝妳。林亨是我管家林姨的姪兒，絕對可以信任。他會協助妳。妳有什麼事，都可以找他幫忙。不過，我要提醒妳，如果我兒子從妳口中知道這個計畫，到時候，我是不會承認的。」

邢露忐忑地問：

「徐夫人，要是他不喜歡我呢？」

徐夫人簡短地回答：

「妳得設法讓他喜歡妳。」

事情就這樣展開了。第二天，邢露從林亨那兒得到一份徐承勳的資料，裡面除了有他的相片之外，還詳細列出他各樣喜好，喜歡的畫家、喜歡的音樂、喜歡的書、喜歡的食物，比如說：他最喜歡吃甜品，尤其是巧克力。

他每天都到公寓附近的一家咖啡店喝一杯咖啡。於是，店裡原來的一個女招待給辭退了。林亨安排邢露代替那個人。

那時候，邢露正對有錢人充滿蔑視和憤恨。第一次在咖啡店見到徐承勳的時候，她心裡就想：

「這種人也能捱窮嗎？說不定我還沒拋棄他，他已經捱不住跑回家了！」

還沒看到徐承勳的油畫之前，她以為這種公子哥兒所畫的畫又能好到哪裡？

但是她錯了。他才華橫溢。

他也不是她想像的那種公子哥兒。他是個好人。他能吃苦。

她以為自己可以很無情，她的心早已經痲痺了，甚至連愛情和身體都可以出賣，不料她一心要使徐承勳愛上她，自己倒深深愛上了對方，就像一個職業殺手愛上了她要下手的那個人。

從來沒有一個男人像徐承勳那樣愛過她，他治癒了她心中的傷口；可是，他也是她唯一出賣的男人。

甚至到了最後，她還要林亨幫忙，找來那個男模特兒和那間豪華公寓，合演了一齣戲，傷透了他的心。

徐承勳永遠都不會原諒她了。

12

倫敦的冬天陰森苦寒。邢露記起九歲那年她第一次來倫敦的時候，父親告訴她：

「妳會愛上倫敦，但是，妳會恨它的天氣。」

那時候，她為什麼不相信呢？

她曾經以為，當她有許多許多的錢，她會變得很快樂，所有她渴望過的東西，她如今都可以擁有。可是，來倫敦一年了，她住在南部一間出租的小公寓裡，重又當上一個學生。她把長髮剪短，現在她穿的衣服比起她在香港時穿的還要便宜，生活甚至比從前刻苦。她捨不得揮霍銀行戶頭裡的那筆錢，不是由於謹慎，而是把它當成了愛情的回憶來供奉。

一年前離開香港的時候，走得太匆忙了，她跟明真說：

「我到了那邊再跟妳聯絡。」

就在她走後的那天，一台黑亮亮的鋼琴送去了。那是她靜悄悄送給明真的一份禮物。讀書的時候，她們兩個都很羨慕那些在學校早會上負責鋼琴伴奏的高傲的女生。明真常常嚷著很想要一台鋼琴。這麼多年後，她終於擁有了。

如今，邢露不時會寫信給明真，甚至在信裡一點一滴地向她透露往事。這本來有違她沉默和懷疑的天性，也許是由於她憋得太苦了，也由於她知道自己不會再回去了，兩個人隔著那麼遙遠的距離，反而變得比從前更親近，彼此交換著秘密，並要對方再三發誓不管發生任何事，也不會說出去。

時間並沒有沖淡往事。多少個夜裡邢露在公寓的窄床上醒著，覺得眼前的一切是那麼陌生，她彷彿是不屬於這裡的。她來到了神話裡她魂牽夢縈的「千洞之城」，卻看不見金色的燈籠和有若繁燈的噴泉，反倒發現自己是個孤獨的異鄉人，面對泰晤士河的水色，就會勾起鄉愁。

每當經痛來折磨她的時候，她總會想起那天徐承勳揹著她爬上公寓那條昏暗的樓梯的身影，他說：「我們生一個孩子吧！」那是最辛酸的部分。她本來是可以向他坦白的。但是她沒有。

二月的一天，經痛走了，她卻還是覺得身體虛弱疲乏。一天，在學校上課的時候，她昏厥了。同學把她送到學校附近的醫院。在那兒，一位老醫生替她做了詳細的身體檢查，要她一個星期之後回去。臨走前，那位老醫生問她：

「妳的家人有過什麼大病嗎？」

邢露回答說：

「我祖父是淋巴癌死的。」

說完，她虛弱地走出醫院。一個星期後，煙雨濛濛的一天，她又回來了。除了有點疲倦，她覺得自己精神很好。

那位老醫生向她宣布：

「是淋巴癌，妳要盡快動手術。妳回去跟家人商量一下吧，明天再打電話來預約手術時間。要盡快。」

邢露蹣跚地離開醫院，心裡充滿了對已逝的祖父的憤恨，是那個老人的聖誕禮物把她一步一步引來這裡的，原來就是要把這個病遺傳給她嗎？那個自私的老人，她甚至不記得他的樣子了。

回家的路，漫長得有如從遙遠的中土一路走到眼下茫茫的世代。煙雨濕透了她的衣衫。她走進屋裡，開了暖氣，軟癱在客廳那張紅色碎花布沙發裡，窗外淅淅瀝瀝的雨聲在她耳邊迴響著，漸漸消滅至無。

要是她早知道會有這個病，她還會答應出賣她的愛情嗎？她曾經那樣渴望死而不可得，死神卻在她措手不及的時候，有如懲罰一樣降臨。她詛咒上帝，咒罵宿命對她的不公平。還是她應該感謝上帝，給了她治病的錢？

這時，外面有人按鈴。她以為是死神來訪，蹣跚地走去開門。

門一打開，她驚住了。

徐承勳站在門外，他穿一套筆挺的藍色西裝，一頭服貼的短髮，臉上有刮過鬍子的青藍色，從前臉上那種快活開朗的神情不見了，變得嚴肅和穩重。

徐承勳首先開口說：

「是明真告訴我妳住在這裡。我可以進來嗎？」

邢露點了點頭，讓他進屋裡來。

她望著他的背影，在她枯萎的內心深處又重新泛起了一度已經失去的希望，是明真把一切都告訴了他嗎？

徐承勳轉過身來，說：

「我來倫敦之前，在街上碰到她。」

隨後他看了一眼這間侷促的小公寓，狐疑地問她：

「妳那個有錢男朋友呢？他沒跟妳一起來嗎？」

重新泛起的希望一下子熄滅了。邢露用左手緊緊揑住右手的幾根手指，她右手的無名指上套著他送的那顆玫瑰金戒指，分手後，她一直戴著。

「不能讓他看見。」她心裡想。

兩個人沉默了很長的一段時間，徐承勳終於說：

「我本來是可以給妳一切妳想要的東西。」

邢露裝作聽不懂，說：

「我不明白你的意思……」

徐承勳踱到窗戶那邊，牆壁上一排古老的暖氣管道在他腳邊發出輕微的響聲。他說：

「妳認識我的時候，我很天真，想要當個畫家，以為有人會無條件地愛我，不會因為我是什麼人……」

邢露心裡悲嘆著：

「他好恨我！」

然而，她輕皺著眉頭望著他，裝作還是不明白他想說什麼。

徐承勳說：

「妳當然不知道。那也不能怪妳。我是很有錢的。妳想不到吧？」

邢露抿著嘴唇沒說話。她把幾根手指捏得更緊了。

徐承勳朝睡房敞開的門往裡面瞥了一眼，回過頭來望著邢露，嘲諷地說：

「生在一個這麼有錢的家庭，讓我覺得有點不好意思，就好像我們是拿走了別人應得的那一份似的，我甚至想過要放棄我的財產，只做我喜歡的事，像妳說的，我以為貧窮是一個光環。」

邢露只說：

「你沒有畫畫了嗎？」

徐承勳聳了聳肩，冷淡地回答：

「我現在很忙，沒時間了。」

他繼續說：

「謝謝妳讓我知道，有錢並不是罪過，貪婪才是。」

邢露咬著抖顫的嘴唇，沉默不語。她明白了，他來這裡，不是對她尚有餘情，而是要向她報復。

她是活該的。

徐承勳走了之後，邢露絕望地蜷縮在公寓那張窄床上，那種痛楚又來折磨她了，她覺得肚子脹脹的，比經痛難受許多。她很熱，身上的睡衣全濕了，黏在背上，有如掉落在泥淖裡掙扎的一隻可憐燕子似的啜泣起來。

到了第二天，她打電話到醫院。

那位老醫生接電話，問她：

「妳想哪一天做手術？」

邢露說：

「這個星期四可以嗎？」

13

昨天晚上下了一場大雨，星期四的清早，灰色的晨霧沉沉地罩住倫敦的天空。邢露帶了幾件衣服，出門前，她戴上一條櫻桃紅色綴著長流蘇的圍巾，在脖子上擦上了爽身粉。

那茉莉花的香味是她的幸運香味。

她離開了公寓，本來是要往東面的車站去的，那邊不知道為什麼擠滿了車。她決定抄另一條路往地鐵站。

她走進西面一條陰暗闃寂的巷子，地上佈滿了一個一個污水窪，她匆匆跨了過去。

猝然之間，一隻骯髒的大手不知道從哪裡伸出來使勁地抓住她的手臂，她猛地扭回頭去，看到一個蓬頭垢面的流浪漢，那人緊張地朝她喝道：

「把妳的錢給我！」

邢露想逃，那人扯住她脖子上的圍巾把她揪了回來，亮出一把鋒利的小刀，貼在她肚子上，把她肩上的皮包搶了過來。

這時，一星閃爍的光亮映進他貪婪的眼睛裡，他命令道：

「戒指脫下來給我！快！」

「不！」邢露哀求道：「這不能給你！求求你！」

那人沒理會她，抓住她的手，想要把那顆戒指扯下來，邢露掙扎著喊道：

「不！不要拿走戒指，我可以給你錢！」

那把小刀一下就捅入了她的肚子，鮮血有如決堤的河水般湧了出來。

那人驚慌地丟下小刀逃跑了。

邢露雙手驚惶地掩住傷口，想要走出那條巷子，卻像中了箭的鳥兒，開始翻翻滾滾，飄飄晃晃地，終於掉落在一個污水窪裡。

她本來是想活下去的。

她這一生都努力過得體面些，而今，污水卻浸濕了她散亂的頭髮，她癱在那兒，渾身打顫，鮮血從肚子一直綿延到她的腳踝邊。她聞到了血的腥味；那味道有如塵土。

她直直地瞪著天空，霧更深了。一兩顆不知道是霧水還是雨水開始滴落在她那雙曾經貪戀過人世間一切富貴浮華的眼睛，然後是因為說謊而打開，由於悔恨而哭泣的嘴巴，接著是撫摸過愛人的胸膛的指尖，最後是腳踝，那雙腳曾經跟幸福走得那麼近。

她想起徐承勳那天揹著她爬上那條昏黃的樓梯，他說：「我們生一個孩子吧！」她也想起和他在山上那幢白色平房看到的一抹殘雲，他說過要跟她在那兒終老。

她有如大夢初醒般明白，她走了那麼多路，並不是來到了「千洞之城」，而是走進了「死亡沼澤」，這片沼澤是沒有出路的，精靈和半獸人的鬼魂四處飄蕩。

可她為什麼會走在這條路上呢？

遠處的教堂敲響了晨鐘。

巷子這邊的一個破爛的後窗傳來收音機的聲響，一個女的新聞報導員單調地唸著：

已故船王之子今早到訪唐寧街十號首相府，與首相共進早餐。

邢露的臉色變得慘白，嘴巴微微地張開著。

年輕船王揮軍登陸，宣布入股英國第一銀行，將成為第二大股東……

邢露突然笑了，是她讓徐承勳回去繼承家業的。他那麼成功，應該是幸福的。傷口已經沒有血湧出來了，她嘗到了幻滅的滋味，不會再受苦，也不會再被欲望和悔恨折磨了。她頭歪到右肩上，斷了氣。

船王同時表示，現正商討入股英航……

幾個鐘頭之後，雨停了，一條聞到死人氣味的邋遢的黑狗跑進巷子裡來，朝屍體吠叫。一個腦袋長著癬，只有幾根頭髮的拾荒婦跟著黑狗走來，抓起繫在黑狗頸上的繩子叱喝牠。狗兒噤聲了。

拾荒婦看到邢露僵直地癱在污水窪裡，指甲髒兮兮的，她跑去叫了警察。

不過，在喊警察來之前，她動作俐落地把邢露手指上那顆玫瑰金戒指脫了下來，藏在身上破衣的口袋裡。

14

邢露死後，母親從律師那裡收到通知，女兒把全部的錢留給她。她完全不明白，女兒戶頭裡為什麼會有這麼龐大的一筆遺產。

可是，她已經沒法問了。

她心愛的女兒就這樣走了，丟下他們兩個老人。她想起女兒小時候多麼乖、多麼可愛，美得像個洋娃娃，她這個母親所做的一切，全是為了她。這孩子太可憐了，讓她心碎。

女兒留給她的錢，她打算用一部分來買兩間房子，一間自住，一間租出去，最近房子都漲價了。她那沒用的丈夫如今喝酒喝得更兇，沒有一刻是清醒的，可是，長久的相依已經成為習慣，而且，女兒已經不在了，他們兩個人又像年輕時一樣，互相廝守。

15

邢露死後一年，徐承勳已經把手上的船隊數目大幅減少，成功進軍地產和銀行業，買下了大量土地，避過了世界航運業衰退的危機。

母親很為他驕傲。

他溫柔的母親是世上對他最好的女人。他從前為什麼會跟母親吵架，讓她傷心呢？跟邢露分手之後，他沮喪到了極點，一天，管家林姨憂心忡忡地跑來告訴他，母親病倒了，病得很嚴重。

他趕去醫院見母親，母親躺在床上，虛弱地握住他的手，說：

「孩子，你瘦了。你這些日子都好嗎？一個人在外面習慣嗎？」

那一刻，他哭了。

母親懇求他回去接掌家族的生意，那時，他正對人生感到萬念俱灰。他答應了。

他沒想到他是可以做生意的。

如今，他已經不再畫畫了。

最後一次在倫敦那間小公寓裡見到邢露時，他說了許多傷害她的說話，卻瞥見她房間裡依然放著他畫給她的那張肖像畫。

他心裡想：

「她為什麼還留著這張畫呢？」

從英國回來之後，他才知道她的死訊。

他不恨她了。

那時候，他是想要為邢露放棄畫畫的，他可以給她許多許多的錢，滿足她一切的欲望，只為了她的微笑，只為了看到她快樂。他知道她缺乏安全感。

他終究是愛過她的。

邢露死後第二年，徐承勳結婚了，娶了一個銀行家的女兒。這個女孩子雖然沒有主見，卻溫婉嫻靜，母親喜歡她。

結婚的那天，新娘頭戴珍珠冠冕，披著面紗，穿著長長裙襬的象牙白色婚紗，由父親手裡交給新郎。

婚後第二年，徐承勳第一個孩子出生了，是個男孩子。

我們說好不分手
Together Forever
張小嫻
散文精選

國家圖書館出版品預行編目資料

紅顏露水【全新版】/ 張小嫻著. -- 二版. -- 臺北市：皇冠, 2014.10
面；　公分. --（皇冠叢書；第 4427 種）(張小嫻愛情王國；9)
ISBN 978-957-33-3107-0(平裝)

857.7　　　　103017739

皇冠叢書第 4427 種
張小嫻愛情王國 9

紅顏露水【全新版】

作　　者—張小嫻
發 行 人—平雲
出版發行—皇冠文化出版有限公司
台北市敦化北路 120 巷 50 號
電話◎ 02-27168888
郵撥帳號◎ 15261516 號
責任主編—盧春旭
責任編輯—湯家寧
美術設計—王瓊瑤
著作完成日期— 2006 年
二版一刷日期— 2014 年 10 月

法律顧問—王惠光律師

讀者服務傳真專線◎ 02-27150507
電腦編號◎ 537009
ISBN ◎ 978-957-33-3107-0
Printed in Taiwan
本書僅限台澎金馬地區銷售
本書定價◎新台幣 250 元

皇冠60週年集點暨抽獎活動專用回函

請將5枚印花剪下後，依序貼在下方的空格內，並填寫您的兌換優先順序，即可免費兌換贈品和參加最高獎金新台幣60萬元的回饋大抽獎。如遇贈品兌換完畢，我們將會依照您的優先順序遞換贈品。

●贈品剩餘數量請參考本活動官網（每週一固定更新）。所有贈品數量有限，送完為止。如贈品兌換完畢，本公司有權更換其他贈品或停止兌換活動（請以本活動官網上的公告為準），但讀者寄回回函仍可參加抽獎活動。

1. ________ 2. ________ 3. ________

●請依您的兌換優先順序填寫所欲兌換贈品的英文字母代號。

1　2　3　4　5

□（**必須打勾始生效**）本人________（**請簽名，必須簽名始生效**）同意皇冠60週年集點暨抽獎活動辦法和注意事項之各項規定，本人並同意皇冠文化集團得使用以下本人之個人資料建立該公司之讀者資料庫，以便寄送新書和活動相關資訊。

我的基本資料

姓名：________

出生：____年____月____日　性別：□男　□女

身分證字號：________（僅限抽獎核對身分使用）

職業：□學生　□軍公教　□工　□商　□服務業

□家管　□自由業　□其他

地址：□□□□□ ________

____

電話：（家）________（公司）________

手機：________

e-mail：________

□我不願意收到皇冠文化集團的新書、活動edm或電子報。

●您所填寫之個人資料，依個人資料保護法之規定，本公司將對您的個人資料予以保密，並採取必要之安全措施以免資料外洩。本公司將使用您的個人資料建立讀者資料庫，做為寄送新書或活動相關資訊，以及與讀者連繫之用。您對於您的個人資料可隨時查詢、補充、更正，並得要求將您的個人資料刪除或停止使用。

皇冠60週年集點暨抽獎活動注意事項

1. 本活動僅限居住在台灣地區的讀者參加。皇冠文化集團和協力廠商、經銷商之所有員工及其親屬均不得參加本活動，否則如經查證屬實，即取消得獎資格，並應無條件繳回所有獎金和獎品。

2. 每位讀者兌換贈品的數量不限，但抽獎活動每位讀者以得一個獎項為限（以價值最高的獎品為準）。

3. 所有兌換贈品、抽獎獎品均不得要求更換、折兌現金或轉讓得獎資格。所有兌換贈品、抽獎獎品之規格、外觀均以實物為準，本公司保留更換其他贈品或獎品之權利。

4. 兌換贈品和參加抽獎的讀者請務必填寫真實姓名和正確聯絡資料，如填寫不實或資料不正確導致郵寄退件，即視同自動放棄兌換贈品，不再予以補寄；如本公司於得獎名單公佈後10日內無法聯絡上得獎者，即視同自動放棄得獎資格，本公司並得另行抽出得獎者遞補。

5. 60週年紀念大獎（獎金新台幣60萬元）之得獎者，須依法扣繳10%機會中獎所得稅。得獎者須本人親自至本公司領獎，並提供個人身分證明文件和相關購書發票（發票上須註明購買書名），經驗證無誤後方可領取獎金。無購書發票或發票上未註明購買書名者即視同自動放棄得獎資格，不得異議。

6. 抽獎活動之Deseno行李箱將由Deseno公司負責出貨，本公司無須另行徵求得獎者同意，即可將得獎者個人資料提供給Deseno公司寄送獎品。Deseno公司將於得獎名單公布後30個工作天內將獎品寄送至得獎者回函上所填寫之地址。

7. 讀者郵寄專用回函參加本活動須自行負擔郵資，如回函於郵寄過程中毀損或遺失，即喪失兌換贈品和參加抽獎的資格，本公司不會給予任何補償。

8. 兌換贈品均為限量之非賣品，受著作權法保護，嚴禁轉售。

9. 參加本活動之回函如所貼印花不足或填寫資料不全，即視同自動放棄兌換贈品和參加抽獎資格，本公司不會主動通知或退件。

10. 主辦單位保留修改本活動內容和辦法的權力。

寄件人：

地址：□□□□□

請貼郵票

10547 台北市敦化北路120巷50號

皇冠文化出版有限公司 收